F. von (Friedrich) Bodelschwingh

TagebuchAufzeichnungen aus dem Feldzuge, 1870

F. von (Friedrich) Bodelschwingh
TagebuchAufzeichnungen aus dem Feldzuge, 1870
ISBN/EAN: 9783742830746

Hergestellt in Europa, USA, Kanada, Australien, Japan

Cover: Foto ©Andreas Hilbeck / pixelio.de

F. von (Friedrich) Bodelschwingh

TagebuchAufzeichnungen aus dem Feldzuge, 1870

Tagebuch-Aufzeichnungen

aus dem Feldzuge

1870

von

F. v. Bodelschwingh.

Schriften-Niederlage der Anstalt Bethel
Gadderbaum bei Bielefeld.

Nachstehende Aufzeichnungen des Pastors v. Bodelschwingh — damals Pastor in Dellwig bei Unna — finden sich in Briefen, die er aus dem Felde an seine Frau und für seine Gemeinde geschrieben hat. Sie gelangen hier in ganz unveränderter Form zum Abdruck.

Nach Metz!

St., den 28. Juli 1870.

Das war ein Rauschen der Begeisterung und ein nicht enden wollender Jubel, als unser Zug, der den kommandierenden General unseres westfälischen (VII.) Armeecorps mit seinem Stabe führte, durch die westfälischen und rheinischen Städte brauste. Die Truppen wurden von den Anerbietungen an Speise und Trank fast erdrückt, und es war schwer, die flehenden Bitten abzuschlagen, doch noch etwas anzunehmen. Wer Raum hatte, konnte sich für mehrere Tage verproviantieren. Besonders lieblich war es, im Wupperthal die tausend und aber tausend Tücher schwenken zu sehen; ja selbst im Gefängnis standen die armen Gefangenen an ihren Gitterfenstern und schwenkten ihre Taschentücher.

Mit dem Morgengrauen des 27. hält unser Zug am Endpunkte der Eisenbahn, am Fuße der Eifel, und sofort gehts in das Gebirge hinein. General von Glümer, der Kommandeur der 13. Division, gedenkt des Buß- und Bettages und ordnet für den Abend in seinem Hauptquartier einen Feldgottesdienst an, den der Divisionsprediger Hohenthal halten soll. Mir giebt er anheim, denselben Abend das 73. Regiment aufzusuchen und ihm meine Dienste für den Bußtag anzubieten. Durch ein gewaltiges Gewitter aufgehalten komme ich erst gegen Abend nach St., 4½ Meilen von C. Der Oberst v. S., bei dem ich mich melde, ist sofort bereit, einen Gottesdienst anzuordnen, eilt persönlich zum katholischen Pastor und erbittet sich die Kirche. Die Hornsignale schallen durch den Ort, und in 10 Minuten ist die geräumige Pfarrkirche bis auf den letzten Platz gefüllt — 1½ Bataillon. Das Musikchor bläst: „Komm heil'ger Geist, kehr bei uns ein," und Herzen und Hände heben sich auf zu dem Gott der Schlachten und erbitten Vergebung und Hilfe, Sieg und Segen. Die Leute, meist Hannoveraner, sind sehr andächtig bei der kurzen Abendandacht, eine Anzahl katholischer Soldaten kniet ganz harmlos um den Altar herum.

Mein müdes Pferd will mich nicht mehr in das Hauptquartier tragen, und der freundliche katholische Pastor räumt mir mit gastlicher Liebenswürdigkeit, wie kurz vorher seine Kirche, so nun für die Nacht ein Plätzchen in seinem Pfarrhause ein.

H., den 28. Juli.

Im Kriege gilt es, die Kunst lernen, die Paulus kannte, beides Ueberfluß und Mangel haben, hoch und niedrig sein; jeder Quartierzettel bringt ein neues, oft sehr wechselndes Los. Das katholische Pfarrhaus in K., wo die Schwestern dem Bruder haushalten, war ebenso reinlich und heimlich, als das zu S., wo ich eigentlich bleiben sollte, schmutzig und unheimlich war. Ich hatte mit dem katholischen Kollegen ein eingehendes Religionsgespräch: wir fanden uns über alle Punkte ziemlich zurecht, nur das Kapitel von der Kirche wollte durchaus nicht stimmen.

Das Killthal bot am heutigen Tage einen lieblichen Anblick. Die Wiesen und Blumen frisch vom Gewitterregen, überall Fähnlein der Ulanen, die aus den verschiedenen Dörfern ausrückten und ihren neuen Quartieren zueilten. In Hillesheim liegt heute das Hauptquartier, und ich rüste mich eben nach eingenommenem Mittagsmahl bei dem wackern Gerichtsschreiber, die 7ten Jäger aufzusuchen, um ihnen meine Dienste anzubieten, da wird es im Städtchen unruhig. Gendarmen und Adjutanten fliegen hin und her. Es ist die Nachricht vom Einmarsch der Franzosen gekommen und beschleunigter Vormarsch wird vom kommandierenden General befohlen. Uebrigens geht es sehr gemütlich zu. Der General sitzt draußen auf dem Markt vor der Thür des Wirtshauses, große Karten auf einem Tisch vor sich ausgebreitet und ein Glas Bier neben sich. Die Bewohner der kleinen alten freien Reichsstadt, Menschen und Vieh, welches letztere zu dem nahebei fließenden Wasser geleitet wird, schauen neugierig zu. Endlich sind die Ordres ausgefertigt und die Adjutanten fliegen nach allen Himmelsgegenden in die Nacht davon.

M., den 29. Juli.

Das war ein beschwerlicher Tag für einen großen Teil des Corps. Unser Stab muß 7 Meilen marschieren, unablässig die steilsten Berge auf und ab. Das Armeecorps ist auf den Höhen zwischen den beiden Flußthälern der Kill und Lifer, etwa 6 Meilen von Trier dicht zusammengezogen, um andern Tages wo möglich die Franzosen von weiterem Vordringen abzuhalten. Viele Regimenter liegen im Biwouak. Das Kriegsleben tritt schon in härteren Zügen auf; um den Proviant für die konzentrierten Truppen zusammenzuschaffen, muß den blutarmen Bewohnern der unwirtlichen armen Höhen, die, seit drei Monaten ohne Regen, einen trostlosen Anblick gewähren, ihr geringer Vorrat oft bis aufs letzte genommen werden. Gott beschütze uns davor, daß der Krieg hierher zurückkehrt!

In Manderscheid treffe ich den Obersten des 73. Regiments, der mir mitteilt, daß die Franzosen zurückgegangen seien, und daß am andern Tage Ruhetag wäre. Er bittet mich zu bleiben und seinem Regiment, das ganz versammelt ist, den andern Morgen früh Gottesdienst zu halten und das heilige Abendmahl auszuteilen; er selbst wünscht es mit zu feiern. Der katholische Pastor räumt abermals auf des Obersten Bitte die Kirche ein. Ein Abendspaziergang vor dem Städtchen zur Vorbereitung auf die Predigt läßt mich einen Blick thun auf die beiden Ruinen der gräflichen Burgen von Manderscheid, die auf zackigem Basaltfelsen aus der Thalschlucht hervorragen, von hohen Waldgebirgen umschlossen; eine überraschend großartig schöne Landschaft.

O., den 30. Juli.

Statt des gehofften Ruhetages rufen die Hörner schon wieder um 4 Uhr früh zum Aufbruch. Es scheint, daß zunächst alles aufgeboten werden soll, um die Grenze vor einem Ueberfall zu sichern, darum die forcierten Märsche. Der Weg auf Trier führt zunächst durch eine tiefe, waldige Thalschlucht, in der eine Mühle klappert, wohl 500 Fuß hinab und wieder herauf. Es nimmt sich überaus prächtig aus, wie das Regiment die gewundenen Wege herniedersteigt und die Bajonette und Helme durch das frische Grün in der Morgensonne glänzen. — Nachdem eine zweite fast ebenso tiefe Thalschlucht überwunden, hört der eine Meile lange schöne Wald auf, und der Weg geht über ein fruchtbares Hochplateau bis zur Mosel, zu deren Ufer wir durch eine sehr lange gewundene, mit prächtigem Buchenhochwald bestandene Thalschlucht herniedersteigen. An ihrem Ausgange liegt das große Eisenwerk des Herrn C., dessen schloßartiges Wohnhaus den ganzen Stab beherbergt. — In dem wundervollen Park, dessen Fuß die Mosel bespült, hat der evangelische Fabrikherr eine kleine, sehr liebliche evangelische Kapelle erbaut. Hinter derselben liegt ein kleiner stiller Friedhof mit vier Kindergräbern, die mir die Frau des Hauses unter Thränen zeigte. Unbeschreiblich schön ist an der Spitze des Parkes der Blick auf das herrliche Moselthal und die alte römische Kaiserstadt, die zwei Stunden thalaufwärts ihre Kuppeln gen Himmel streckt.

Wenn uns morgen ein Ruhetag zu Teil wird, soll in der Kapelle Gottesdienst sein. Aber es ist wohl fürs Erste auf keine Ruhe zu hoffen.

T., den 31. Juli.

Um 9 Uhr früh ritt unser General an der Spitze seines Generalstabes recht stattlich in Trier ein, mit ihm 3 Regimenter Infanterie, die 7. Jäger und viel Kavallerie und Artillerie. Die Trierer nehmen nach der Zeit der Angst die 12 000 Soldaten mit Freuden auf. Es ist schon eine tapfere That, daß das Armeecorps in drei Tagen die Höhen und Schluchten der Eifel überschritten hat, die Anstrengung war sehr groß.

Da es noch früh genug ist, gehe ich zur Kirche. In der Basilika, der ältesten christlichen Kirche Deutschlands (306 — 310 nach Christo erbaut), hören wir eine treffliche, kurze Abendmahlspredigt.

T., den 1. August.

Heute ist Ruhetag; er wird natürlich benutzt, Gottesdienste für die Truppen zu halten. In der prächtigen Basilika hat der Oberprediger des Corps gepredigt, und die 3 Geistlichen der Stadt haben 3 Stunden lang mit ihm am Altar gestanden. Wir beiden übrigen Feldprediger wurden in die Umgegend geschickt zu den draußen liegenden Truppenteilen. In einem wunderlieblichen Seitenthale der Mosel durfte ich vormittags und nachmittags meine lieben Westfalen vom 15. Regiment mit Wort und Sakrament bedienen unter freiem Himmel. Es war rührend zu sehen, wie sich die Leute zum Tisch des Herrn drängten. Der Mond schien schon auf uns herunter, und immer noch waren Hunderte übrig, die, weil es die Zeit nicht mehr erlaubte und es an Brot gebrach, auf einen andern Ruhetag vertröstet werden mußten. Werden sie noch einen bekommen?

S., den 2. August.

Heute mit dem Morgengrauen wurden die Weckhörner in den Straßen von Trier laut, und von 5 Uhr ab ging es mit Trommelschlag und heller Musik Bataillon auf Bataillon zum Thore hinaus. Um 8 Uhr setzt sich auch unser General zu Pferde und führt uns selbst ins Gebirge hinein, der französischen Grenze zu. Hier sieht es bunt aus; allerlei Waffengattungen drängen sich durcheinander, jede ihrem bestimmten Ziele entgegen. Werden wir angreifen oder den Feind auf uns anlaufen lassen? Man hört nichts und weiß nichts.

B., den 3. August.

Die letzte Nacht war sehr unruhig. Bis um 2 Uhr morgens drängten sich die ermüdeten und durch Ueberfüllung der Straßen verspäteten Truppen durch das Dorf. Hunderte lagen zum Tode matt auf der Straße. Dies Marschieren in der Hitze mit vollem Gepäck und ganz wunden Füßen ist für viele ein Kampf auf Tod und Leben. Bei einem Regiment blieben an einem Tage 4 tot liegen.

Heute Abend sah es nach kleinerem Marsch freundlicher um uns her aus. Einige Regimenter hatten schon gleich nachmittags ihre Bivouaks bezogen und waren bald frisch und munter. Ich treffe den Divisionspfarrer der 14. Division, Pastor Meyer, und nachdem wir gemeinsam uns leiblich gestärkt, gehn wir in die verschiedenen Bivouaks. Gleich die ersten Soldaten des 74. Regiments, die ich antreffe, rufen mich an, ob sie das heil. Abendmahl nicht empfangen könnten. Der Oberst erlaubt sogleich den Abendgottesdienst. Um 6 Uhr abends versammelt sich das Bataillon auf einer Wiese um den Altar, und bis zur hereinbrechenden Nacht wird den Hungrigen und Durstigen die rechte Speise und der rechte Trank gereicht, danach ihre Seele verlangt. — Es war rührend zu sehen, wie nach Vorgang des ersten Offiziers, der bei Empfang des Sakraments niederkniete, nun auch die Soldaten reihenweise auf die Kniee sanken und so Brot und Wein empfingen.

Pastor Meyer hat inzwischen ein Artillerie=Regiment bedient, und wir verbringen den Rest des Abends in Mitteilung der verschiedenen Erlebnisse. Mit den Quartieren sieht es in den kleinen Gebirgsdörfern traurig aus. Man muß sich schicken und bücken. Mein Hauswirt, ein einsamer Witwer von 75 Jahren, weigert sich entschieden mir ein Zimmer aufzuschließen, hat sich förmlich verbarrikabiert, so muß ich mir in meiner Nachbarschaft ein Plätzchen suchen, wo freundlichere Leute sind. Gestern forderte eine kinderlose Schusterfrau mir für ein Hähnchen 25 Sgr. ab; so wenig wissen in diesen katholischen Gebirgsdörfern die Leute von Patriotismus.

L., den 4. August.

In erquicklichem Regen marschieren unsere in den letzten Tagen sehr erschöpften Truppen heute munter vorwärts auf

Saarbrücken zu. In Lebach treffen wir die ersten Verwundeten aus dem Gefecht von Saarbrücken. Lauter Granatsplitterwunden. Einem wird noch heute die rechte Hand, einem andern der Fuß abgenommen. Arme Vorläufer, wie viele Nachfolger werdet ihr in den nächsten Tagen finden!

In dem schloßähnlichen Pastorat des katholischen Pfarrers treffe ich wieder mit den beiden Divisionspfarrern der 14. Division zusammen, und nach dem Essen verteilen wir uns in die Bivouaks, welche zahlreich das Hauptquartier umgrenzen. Mir fällt diesmal das 1. Bataillon des 53. Regiments zu, das in einem köstlichen, von Wald eingeschlossenen Wiesengrund sich gelagert und eben zu Abend gespeist hat. Ich bitte den Major, nur Freiwillige sich sammeln zu lassen und den müden Leuten zu erlauben, beim Gottesdienst auf dem Rasen sitzen zu bleiben. Die Regimentsmusik spielt: „Mir nach, spricht Christus unser Held," da sammelt sich ein großer Teil des Bataillons, offenbar auch viele Katholiken, und setzten sich traulich um den Altar. Nach der Andacht über Römer 14, 7 und 8, bitten abermals über 300 Leute des größtenteils katholischen Bataillons, der Major voran, um das Abendmahl. Die Regimentsmusik spielt in der Ferne ganz vortrefflich in einigen Pausen: „Schmücke dich, o liebe Seele." Schon stand der Mond hell am Himmel, als wir das Dankgebet sprachen und an unzähligen Wachtfeuern lagernder Regimenter vorbei ging der Weg ins Hauptquartier zurück.

L., den 5. August.

Noch einmal Ruhetag, allen unerwartet, vielleicht der letzte vor dem Streit. Der kommandierende General der 14. Division, General von Kameke, der mit uns zusammen liegt, wünscht selbst Gottesdienst auf diesen Tag. Es ist überhaupt erfreulich, daß alle Offiziere, höhere nnd niedere, uns mit der größten Bereitwilligkeit die Gelegenheit zum Gottesdienst einräumen. Wir haben vom Morgen bis in die Nacht bei verschiedenen Truppenteilen, die um uns her liegen, nach Kräften Wort und Sakrament gespendet, immer unter freiem Himmel. Wären wir statt zwei zwanzig gewesen,

wir hätten doch nicht ausgereicht, das Verlangen der über=
reichlich herbeiströmenden Kommunikanten zu stillen. Meinen
letzten Gottesdienst hielt ich auf einem hohen Berge, von
dem man weit umher das große Feldlager überschauen konnte.
Die zuckenden Blitze eines heraufziehenden Gewitters hielten
die Abendmahlsgäste nicht zurück; wir konnten auch ruhig
die Feier zu Ende bringen. Erst in der Nacht brach das
Gewitter los.

Heimgekehrt empfangen uns die Nachrichten vom Siege
des Kronprinzen. Gelobt sei Gott! Auch für uns wird
nach dem Ruhetage nun wohl ein Schlachttag kommen, an
dem für manchen Kriegsmann der ewige Ruhetag anbricht.
Wohl uns, daß noch eine Ruhe vorhanden ist dem Volke Gottes!

Gr. R., den 8. August.

Drei ernste Tage liegen hinter uns. Am vorigen Sonn=
abend zogen unsere Regimenter von Lebach ganz vergnügt
dem letzten waldigen Höhenrücken zu, der uns von der Saar
trennte. Vor diesem Höhenrücken sollte bivouakiert und der
Angriff zum folgenden Tage vorbereitet werden. Einzelne
Regimenter schickten sich eben an abzukochen. Da plötzlich
kam der Befehl zum sofortigen Vormarsch. Es war die
Nachricht gekommen, daß die Franzosen in Forbach auf der
Eisenbahn vorzögen. Unaufhaltsam ging es nun vorwärts.
— Um 12 Uhr langte das 39. Regiment, grade dasjenige,
welchem ich die beiden vorigen Tage hatte das heil. Abendmahl
reichen dürfen, als das erste in Saarbrücken an und ging
sofort über die Brücke zum Angriff auf die zweite waldige
Terasse über, auf welche die Franzosen sich zurückgezogen
hatten — eine sehr feste Stellung. Ihm folgten die drei andern
Regimenter der 14. Division, das 74., 53. und 77. Die
Bewohner Saarbrückens erquickten die durchziehenden Truppen
nach Kräften; sie bedurften dessen auch zum unaufhaltsamen
Anlauf auf die steilen Höhen. Es standen der stürmenden
preußischen Division drei französische Divisionen gegenüber
und erst nach einigen Stunden langten drei Regimenter des
III. Armeecorps, sowie das 40. Regiment per Eisenbahn an.

Tausende von Einwohnern Saarbrückens waren auf den hohen Exercierplatz hinausgezogen und schauten dem furchtbar hartnäckigen Kampfe zu. Viele, und auch eine Anzahl Frauen, wagten sich noch weiter vor bis dahin, wo die ersten Verwundeten lagen, und brachten ihnen Erquickungen. Die wenigen preußischen Batterien hatten sich zum Teil verschossen, und gegen Abend schien es, daß der Feind noch einmal vordränge. Es ist nicht zu beschreiben, wie furchtbar das Kleingewehrfeuer wütete, stundenlanges Schnellfeuer, 100 000 Schüsse in der Minute. Unaufhörlich schleppten sich die langen Reihen Verwundeter vom Kampfplatz fort. Erst die sinkende Nacht brachte das Feuer zum Schweigen, der Mond stieg sanft und freundlich hervor und gestattete das Aufsuchen der Verwundeten, welches die ganze Nacht über, ja auch noch den ganzen folgenden Tag dauerte.

Nachdem ich die Erquickungen, die mein alter treuer Freund, Lehrer Th., mir mit auf das Schlachtfeld hinausgegeben, an die Verschmachtenden draußen ausgeteilt, kehrte ich mit der langen Wagenreihe Verwundeter heim, und da wir 8 ganz freie Schulsäle zur Disposition hatten, konnten wir darin bis zum anbrechenden Morgen viele verwundete Preußen und Franzosen unterbringen.

Ich hatte fest geglaubt, daß mit Tagesanbruch die Kanonade wieder beginnen werde, so dicht hatten am Abend uns die Franzosen noch gegenüber gestanden. Wir wußten indes nicht, daß spät abends noch das 55. Regiment, unsere Ravensberger, und die 7. Jäger die linke Flanke der Franzosen angegriffen und ihren Rückzug fast in eine Flucht verwandelt hatten, so daß ihr Zeltlager mit allen Vorräten genommen wurde.

Ich möchte am liebsten von den beiden nun folgenden Tagen schweigen. Es war der Jammer und der Mangel gar zu groß. Für 1000 Thaler hätte man kein Stückchen Brot bekommen können. Ich gab zuletzt den armen fast verhungerten Verwundeten, die seit zwei Tagen nichts genossen, mein Abendmahlsbrot, große schöne Hostien, die mir ein Freund in Trier gegeben, in Wein eingestippt. Oft mußte ich für die armen Franzosen den Dolmetscher spielen, deren Schmerzensschrei und Bitte niemand verstand. Uebrigens teilten wir uns mit den sechs evangelischen Geistlichen Saarbrückens in den Besuch der Verwundeten und Sterbenden und in das Austeilen des heiligen Abendmahls an dieselben. Die Lehrer in unserm Schulhause, wo wir mit der daneben liegenden Turnhalle 300 Verwundete liegen haben, thaten was sie konnten. Fast jedes Haus in Saarbrücken war ein Lazarett.

Endlich heute früh langte ausreichende Hilfe aller Art an: Aerzte, Johanniter und Diakonen, und nachdem ich noch einmal mit dem Superintendenten S., der sich in aufopferndster Weise mit seinen Kollegen der Verwundeten angenommen, die weitere Einteilung verabredet, durfte ich hinaus in die Lazarette der Umgegend, wo auch verwundete Preußen zwischen den Franzosen liegen. Zunächst ging es über das Schlachtfeld hinweg nach Forbach.

P., den 11. August.

Gestern früh zog unsere Brigade, welche die Avantgarde des VII. Armeecorps bildet, noch einmal getrosten Mutes über die Grenze nach Frankreich hinein. Unser Weg auf Metz führt nämlich von Forbach aus zunächst wieder durch preußisches Gebiet, so daß wir die französische Grenze zwei mal zu überschreiten hatten. Die Bewohner der lothringschen Dörfer standen scheu und sehr erschrocken vor den Thüren. Poncelette ist ein freundliches Dörfchen, nicht weit davon liegt ein stattliches Schloß auf einer Waldeshöhe. Der katholische Pastor, bei dem ich einquartiert werde, kommt mir überaus freundlich entgegen. Aber ach! wir sind in Feindesland, es wird und muß für die ganze Brigade requiriert werden. Abwechselnd füllen Soldaten und heulende Weiber das Haus, welche letztere bei ihrem Pastor Hilfe suchen. Er giebt alles heraus, was er hat, aber immer unruhiger geht der arme Mann hin und her in seinem Hause, Thränen in den Augen; er kann den Jammer der armen Dorfbewohner nicht mehr ansehen.

Oberst v. Barby vom 55. Regiment, das am Sonnabend Abend mit dem 7. Jägerbataillon den blutigen Tag von Saarbrücken zu einem guten Ende geführt, bittet um einen Feldgottesdienst, und nachdem die Leute abgekocht und gegessen, sammeln sich über dem Lager an dem Bergabhang die 55er und 7. Jäger. Ein Trommelaltar ist schnell aufgerichtet, die Regimenter stimmen an: „Ach bleib mit deiner Gnade," und wir stärken uns in kurzer Andacht über den 121. Psalm. Trotz der Bitte, daß doch alle diejenigen zurückbleiben möchten, die vor ihrem Ausgange oder in Trier das heil. Abendmahl empfangen hätten, drängen sich unter dem Vorgange des Obersten doch wieder viele Hunderte zum Tische des Herrn. Der Regen strömte immer reichlicher, und es war fast stockfinstere Nacht, als der letzte große Kreis von mindestens 150 Gästen, die gleichzeitig um den Altar traten, ihr Verlangen gestillt hatten. Möchte es von allen in Wahrheit heißen: Selig sind, die da hungert und dürstet nach Gerechtigkeit, denn sie sollen satt werden.

Die ganze letzte Nacht hat es in Strömen geregnet, und heute hört es auch noch nicht auf. Sieben Nächte haben die armen Soldaten schon draußen gelegen und haben keinen trockenen Faden mehr. Nur hie und da erhebt sich im Bivouak für die Offiziere ein erbeutetes französisches Zelt, aber auch die halten schließlich den Regen nicht ab. So befiehlt General v. d. Golz, daß heute Nacht die Division im Dorf einquartiert werden soll. Eben rücken sie ein, 7000 Mann und 400 Pferde in ein Dorf von 800 Einwohnern! Der General läßt durch mich meinen Wirt ersuchen, doch auch die Kirche zu öffnen, damit in derselben ein Bataillon übernachten könne, ein neuer Kelch für den armen Mann; aber er schickt sich willig darein. Wie sieht es nun hier aus? Alle Kartoffelfelder schon von den Franzosen durchwühlt und jetzt von den Preußen ganz kahl gepflückt, alles Heu und Stroh bis aufs letzte aus den Häusern fortgeschleppt, alles Vieh geschlachtet, alle Hühner weggefangen, aller Wein ausgetrunken. Die armen Einwohner, so auch unser gütiger Wirt, müssen mit den Soldaten zu Tisch gehn und von dem gelieferten Fleisch und Brot mitessen. Möchten unsere friedlichen heimatlichen Dörfer, die alles vollauf haben, es doch nicht vergessen, wie wohl sie daran sind.

R., den 12. August.

Unser Weg geht nun schnurstracks auf Metz los. Vier Kavallerieregimenter von der Reservekavallerie des pommerschen Corps traben noch in der Nacht an uns vorüber, um den Feind aufzusuchen. Der König schickt speziell Befehl an unsre Avantgarde, ihm so schnell als möglich genauen Bescheid zu schaffen, wo der Feind stehe. Graf I., dem erst vorgestern ein Pferd unter dem Leibe erschossen, bekommt vom General v. d. Goltz Auftrag, mit 20 auserlesenen Pferden bis zum Feind heranzureiten. Schon nach 3 Stunden meldet er, daß er ihn eine Meile diesseits Metz in großen Massen gefunden. Wir überschreiten den deutschen Nied und nehmen Quartier in Raville, wo mit einmal die deutsche Sprache ein Ende hat. Das französische Volk lamentiert zehnmal mehr als das deutsche, und der arme Pastor, bei dem wir wohnen, kann sich vor den heulenden Weibern kaum retten; die Männer sind teils von den Franzosen als Führer ꝛc. mitgenommen, teils fortgelaufen. Ein Abendspaziergang um das weite Feldlager herum, bei den einzelnen Feldwachen vorbei, giebt mir Gelegenheit, mit vielen einzelnen Leuten zu sprechen. Ich finde viele Bekannte aus dem Ravensbergischen. Unsre Truppen lagern in dem ungeheuren Bivouak, das vorgestern der General Bazaine bezogen hatte.

S., den 13. August.

Der heutige Tag hatte von früh an einen ernsten Charakter. Unser Nachtquartier wurde uns in den Ortschaften angewiesen, die gestern noch die Franzosen inne gehabt hatten. Fröhliche Lieder singend marschierten unsre tapfern Ravensberger wieder vorwärts. Bei einem Rendezvous fand ich noch Gelegenheit, auf Wunsch des Generals den Füsilieren vom 15. Regiment, welche die Spitze der Avantgarde bildeten, ein ernstes Wort zuzurufen.

Wir passierten am französischen Nied prächtige Dörfer und Schlösser. Bald stiegen auf ⁵/₄ Meilen Entfernung die stattlichen Festungswerke von Metz vor unseren Augen auf. An einem einsamen Landhause, mitten zwischen verschiedenen Dörfern, machte unser General Halt und ließ die Avantgarde in Gefechtsformlinie aufgestellt, abkochen. Hinter dem nächsten Dorfe hatten die Husaren den Feind gefunden, ¹/₂ Stunde von uns. Nachmittags 4 Uhr hatte derselbe einen kleinen Vorstoß auf unsere requirierenden Truppen vom 15. Regiment gemacht und eine Menge Flintenschüsse abgefeuert. Leider mußte der Schützenzug, der das Dorf deckte, bei diesem Angriff den Verlust von 2 Toten und 5 Verwundeten beklagen. Auch der Neffe unseres Generals erhielt einen Schuß durch die Rippen. Die Toten waren beide Ravensberger, ein Vater von 3 Kindern unter ihnen. Der Offizier, der den Schützenzug kommandierte, kommt zu mir und bittet mich, die beiden Gefallenen zu beerdigen. Wir suchen diesseits des Gehölzes, in dem sie gefallen, ein schattiges Plätzchen auf einer kleinen Waldwiese und graben ein Doppelgrab. Die ganze Kompagnie tritt um das Grab herum, auch der Oberst und der Major. Auf Eichenlaub werden die Braven gebettet und mit Eichenlaub zugedeckt. Zum ersten Male wohl klingt es auf diesen Höhen:

Christus der ist mein Leben,
Sterben ist mein Gewinn,

und 1. Thessalonicher 4, 13—18, das schöne Wort von denen, die in Christo entschlafen und bei seinem Feldgeschrei erwachen, giebt uns Trost für diese beiden Erstlinge des Regiments, die in der allervordersten Linie der Armee ihr Leben dahingegeben. Ein Kreuz von Eichenlaub ziert das Doppelgrab der beiden Tapfern in dem Gehölz von Ars Laquenescy. Die Sonne ist nahe am Untergehn, als Tote und Lebendige den Segen empfangen.

A., den 17. August.

Seit vielen Tagen wieder einmal eine Ruhestätte in einem der lieblichsten katholischen Pfarrhäuser hoch auf einem

Hügel an dem linken Ufer der Mosel; links die hohe Citadelle von Metz, 1½ Stunde von hier, rechts die alten römischen Wasserleitungen. — Der Wirt ist ebenso freundlich als seine Wohnung lieblich ist. Den letzten Sonntag Morgen hatten wir noch so frieblich Gottesdienst und Abendmahl mit der 5. leichten Batterie in einer großen Scheune zu Laquenescy, lauter Markaner und Tecklenburger. Nachmittags hatte sich die 6. leichte Batterie Gottesdienst erbeten. Da um 3½ Uhr Befehl zum Festhalten des abrückenden Feindes. Wie munter rückt unsere Avantgarde, Regiment 15 und 55 und 7. Jäger, ins Gefecht. Um 4 Uhr fällt der erste Kanonenschuß, bald ist die Brigade im heftigsten Feuer. Zwei kleine Schlösser liegen vor uns, Aubigny und Colombey. Dazwischen ein tiefes Thal mit dichten Gehölzen. Beim ersten Schlößchen beginnt der Kampf, um das zweite, das die Franzosen ganz mit Schützengräben umgeben haben, wird heiß und blutig gekämpft, es wird genommen und behauptet. Allein neue Massen Franzosen rücken heran gegen unser kleines Häuflein. Bange 1½ Stunden heißen Kampfes, bis endlich unsere Division nachkommt, und nun rechts das erste Armeecorps eingreift. Doch der einsame Kampf gegen den dreimal überlegenen Feind hat unsrer Brigade an 1500 tapfre Leute gekostet.

In beiden Schlössern sammeln sich die Verwundeten oder werden dahin zusammengetragen. In Aubigny ist ein alter 76jähriger Edelmann, ein Witwer, mit seiner Haushälterin und seinem Gärtner zurückgeblieben. Er muß sehen, wie alle prächtigen Möbel seines Schlosses herausgeworfen und alle Zimmer mit Stroh angefüllt werden; bald ist jedes Plätzchen mit Verwundeten bedeckt. Bis zur stockfinstern Nacht tobt die Schlacht in nächster Nähe; unaufhörlich fallen Kugeln auf den Schloßhof. Gegen 7 Uhr rückt die 14. Division vor und General Manteuffel läßt seine ganzen neunzig Kanonen auf die retirierenden Franzosen nachfeuern; da weicht der Feind und wird in die Wälle zurückgeworfen. Als es endlich stille wird und der Mond heraufsteigt, mochten wohl 8—9000 Tote und Verwundete von beiden Seiten das Schlachtfeld bedecken. Ich möchte schweigen von dieser

Nacht und namentlich von dem Zustande des Schlosses Colombey am andern Morgen. Die schönen Teppiche der Prachtzimmer mit dem Blute der Verwundeten gerötet, im Parke umher überall Leichen oder noch unverbundene Verwundete am Boden liegend. Der alte Edelmann zu Aubigny sitzt diese und die ganze folgende Nacht in einem Winkel seiner Küche auf einem Stuhl und bewacht den kleinen Rest Nahrungsmittel für unsre 2—300 Verwundeten, $^1/_2$ Brot und etwas Wein. Alles andere hatten die Franzosen bereits weggeholt. Ein schwerverwundeter französischer Major liegt neben ihm am Boden und läßt ihm mit seinen Klagen keinen Augenblick Ruhe, bis französische Ärzte kommen und ihn nebst vielen andern verwundeten Franzosen nach Metz transportieren.

Im Stübchen des Gärtners liegen ihrer vier Westfalen; einer mit einer Kugel durch den Leib krümmt sich gar zu erbärmlich auf seinem Lager. Jetzt liegt er auf seinen Knieen und betet vernehmlich: Herr Jesu, Dir leb ich, Herr Jesu, Dir sterb ich, Dein bin ich, mach mich ewig selig o Jesu. Amen. Ehe der Morgen tagt, hat er ausgelitten. Dort ein preußischer Hauptmann, von 3 Kugeln durchbohrt, bestellt seiner Frau und seinen 3 Kindern die herzlichsten Grüße. Dann faltet er die Hände und blickt ganz freundlich aufwärts. Nach dem Gebet, kaum 5 Minuten später, haucht er sein Leben aus.

Hier in einem Stalle ein Jägeroffizier, tödlich verwundet, winkt seinem Burschen fortzugehen und lispelt: „Beten"; ein stilles, überaus liebliches, bleiches Antlitz. Er wird nun auch schon ruhen neben seinen Kameraden in dem breiten Graben des Parkes von Colombey.

Pfälzische freiwillige Krankenpfleger haben auf der Höhe von Aubigny unter einem großen Nußbaum ein breites Grab gegraben; ein eben solches im Park von Aubigny. Da schlafen unsere Tapfern, die hier gekämpft und ausgekämpft haben.

Am britten Tage kam die ersehnte reichliche Hilfe: Johanniter mit Vorräten, Ärzte, drei evangelische und vier katholische Pastoren, und was mir Freudenthränen in die Augen trieb: Diakonissen und barmherzige Schwestern. Könnten diese weiblichen Pflegerinnen gleich vom ersten Tage an mit uns auf das Schlachtfeld kommen, o wie viel Seufzer würden weniger geseufzt werden, wie viel Schmerzen eher gelindert werden! So abgelöst darf ich getrost meiner Brigade nach. Am Bahnhof zu Courcelles sitzt ein General, den Kopf in die Hand gestützt, und blickt auf, als ich seinen Adjutanten nach dem Wege frage. Es ist General von Manteuffel. Er bestellt mir herzliche Grüße an v. b. Goltz und seine Westfalen und gedenkt des Tages, da er ihn einst an der Saale ebenso herausgehauen, wie jetzt bei Metz. Meinen General finde ich in einem sehr prächtigen aber gänzlich verlassenen Schlosse zu Verny. Große Mühe, ein wenig Nahrung zu schaffen. Wir haben bisher die äußerste Spitze der kämpfenden Armee gebildet und sind nun die allerletzten geworden. Das Schloß ist von 6 vorüberziehenden Armeecorps gänzlich ausgeplündert. Zu meinem großen Leidwesen finde ich am andern Morgen meinen Abendmahlskelch aus dem Etui gestohlen. Die überall verlassenen Dörfer haben die Spitzbuben munter gemacht zu stehlen, wo sie stehlen können. Der Krieg ist eine böse Schule für die Bösewichter.

Wir rücken nun 3 Stunden südlich von Metz an die Mosel heran. Wagen auf Wagen von Verwundeten aus dem heißen Kampf bei Gorze vom gestrigen Tage begegnen uns. Viele Hunderte schleppen sich mühsam mit verbundenen Armen und Köpfen der Heimat zu. Jetzt kommen auch verschiedene Züge Gefangener, über 300. Gottlob, man sieht wieder bewohnte Häuser, man sieht wieder Kinder, seit 8 Tagen eine nicht dagewesene Freude. Alle Einwohner vor Metz hatten die Dörfer verlassen, des festen Glaubens, daß die Preußen alle Männer von 18 bis 40 Jahren in die Uniform steckten, um sie in erster Linie gegen die Mitrailleusen zu treiben.

In Ars sur Moselle liegen wohl 400 verwundete Franzosen, nur 3 Preußen unter ihnen, die sich nicht wenig freuen über den deutschen Gruß an ihrem Bette. Sie haben sich verirrt und sind so ins französische Spital geraten.

Wir bilden nun den äußersten rechten Flügel der Armeen links der Mosel, alle 8 Corps schließen sich zusammen. Wird es morgen einen Entscheidungstag geben?

A., den 19. August.

Gestern Morgen um 4 Uhr wurden die Truppen unter die Waffen gerufen, Es hieß, der König kommandiert, und die ganze I. und II. Armee soll den Entscheidungskampf kämpfen. Die Brigade Goltz rückt in dem Moselthal abwärts auf Metz zu; sie hat den äußersten rechten Flügel. Auf der nahen Eisenhütte wird Halt gemacht, und die Truppen können abkochen. Um ³/₄1 Uhr fällt der erste Kanonenschuß links an den Bergen und alsbald hallen die Berge wieder von einem gewaltigen Kanonendonner, der lange an derselben Stelle stehen bleibt. Von der Höhe des Hüttenwerks können wir das ganze französische Feldlager auf dem Kamme der Festung Mont St. Quentin übersehen. Um 4¹/₂ Uhr bekommt der General Befehl, den Franzosen in die linke Flanke zu fallen und ihnen den Rückzug nach Metz zu erschweren. Nochmals gehen unsere braven Westfalen, die schon zweimal so blutig gekämpft, munter vor, werfen sich links in die Weinberge und nehmen nach mehrstündigem Kampf von Weinbergsmauer zu Weinbergsmauer andringend, die Dörfer Vaux und Jussy und die dahinterliegenden Höhen. Die Artillerie fährt auf und feuert, den Kugelregen von St. Quentin nicht achtend, auf die abziehenden Franzosen. Auch von jenseits herüber schießt General Manteuffel auf die gleiche Stelle, und das Feuer wird von den Festungswällen beantwortet.

Es war ein eigentümlich ergreifender Anblick, das wunderschöne Moselthal mit seinen herrlichen Rebengeländen und lieblichen Dörfern in der schwachen Abendbeleuchtung von den beständig sausenden Granaten in seinem Frieden gestört — je dunkler die Nacht, desto heller die Blitze der Batterien. Als unser Bataillon die Höhen genommen hatte, war es Abend geworden; an ein weiteres Vorgehen konnte bei der geringen Truppenzahl nicht gedacht werden. Schauerlich leuchtete weithin der Horizont von brennenden Dörfern, und unaufhörlich prasselte das Kleingewehrfeuer vor uns, von dem Rückzugssignal der Franzosen unterbrochen, die sich offenbar bei jedem Hindernis aufs neue festsetzten. Zu sehen war nichts mehr von ihnen. Wir suchten die letzten Verwundeten aus den Gefechten zusammen und trugen sie in die nächsten Dörfer, als allerletzten einen armen Franzosen; sein Haupt hatte lange auf dem Schoße eines preußischen Kriegers geruht, bis mit den Säbeln eine Tragbahre zurechtgehauen war.

Freundliche französische Schulschwestern, die in den Dörfern Kleinkinder- und Mädchenschulen haben, sind bereits in hingebenster Weise mit der Pflege der Verwundeten beschäftigt, die in den Schulen und in einem Schlößchen untergebracht sind. Unvergeßlich bleibt mir der Anblick des lieben jungen Fähndrichs M., mit dem ich seit Trier oft verkehrt. Er hat die Hände fest gefaltet und blickt still und freundlich himmelwärts, nur mitunter ein schmerzliches Verziehen seines Antlitzes und die Klage: „Meine Mutter, meine gute Mutter!" Das waren auch seine letzten Worte, als er nachts 1 Uhr zugleich mit seinem Nebenmann, dem Unteroffizier M., sein Leben aushauchte. An der Seite eines Artillerieoffiziers, dem beide Hände durchschossen, finde ich auf einem Sessel einige Stunden Ruhe.

A., den 20. August.

Das kleine freundliche Städtchen Ars sur Moselle hat sich in der Nacht mit Verwundeten vieler Regimenter gefüllt. In der Verwirrung und Not und dem beständigen Herzubringen neuer Schmerzensmänner ist es schwer, einen stillen Augenblick zu gemeinsamer Andacht zu finden, und doch wird dieselbe so sehr von den Verwundeten gewünscht. Nur in der evangelischen Schule, in der ein gar lieber Lehrer mit seiner Frau die Pflege übernommen hat, und in der Kirche gelingt es.

Der Abend führt mich noch einmal in die vorgestern erstürmten Gebirgsdörfer Vaux und Jussy. 40—50 Schwerverwundete liegen hier noch in den Hütten der Dorfbewohner, von diesen mit vieler Liebe gepflegt. Nur fehlt es an allem.

Die preußischen Truppen, die auf den Höhen lagern, haben alle Nahrungsmittel aus den Dörfern weggenommen. Eine gemeinsame schöne Abendmahlsfeier, von mehreren Verwundeten gewünscht und im Schulsaal von Baux zwischen verschiedenen Sterbenden gehalten, schließt freundlich die schmerzensreichen Bilder dieser Tage ab.

Montag, den 22. August.

Die Not meiner armen Verwundeten vom 15. und 55. Regiment zu Baux treibt mich noch einmal dort hinaus, es gelingt, der Requisition Einhalt zu thun und 3 Milchkühe, die letzten des Dorfes, für die Lazarette zu retten. — Die Dorfbewohner, Männer, Frauen und Kinder, umringen mich immer und fragen, wo hinaus sie flüchten sollen. Auf beiden steilen Höhen, zwischen denen das Dörfchen liegt, werden Schanzen und Laufgräben aufgeworfen, südlich von den Preußen, nördlich von den Franzosen, und auf beiden Seiten werden die armen flüchtenden Leute zurückgewiesen. Sie haben schon den ganzen Donnerstag Abend die Granaten bei sich einschlagen, oder über sich hinwegsausen sehen. Da ist die Angst berechtigt. Auch fragt der bescheidene Dorf-Vorsteher, wo er denn eigentlich Brot für das Dorf kaufen dürfe, damit die armen Kleinen wieder etwas zu essen bekommen. Es ist komisch und rührend zugleich, mit welchem Eifer die Dorfbewohner sich an der Pflege der Verwundeten beteiligen, offenbar um sich dadurch ein milderndes Los zu erkaufen. Ich muß mit Gewalt und Bitte diesem übertriebenen Eifer Einhalt thun.

In die Spitäler von Ars zurückgekehrt, begegne ich Wagen auf Wagen mit Hunderten von verwundeten Gardisten, von deren überaus heißem Kampf am Donnerstag wir erst jetzt hören. Arme tapfere Garde, wie furchtbar hast du geblutet!

Den schönen Sonntagmorgen mußten leider die schon zum Gottesdienst beorderten Regimenter mit Schanzenarbeiten zubringen. Man will nach Befehl des Prinzen Friedrich Karl die eingeschlossenen Franzosen in formidabler Stellung erwarten. Erst am Abend durfte sich das 55. Regiment auf der Moselwiese sammeln, und feierlich klang es den Berg hinauf: „Lobe den Herrn, den mächtigen König der Ehren" zur Einleitung des 116. Psalms, an dem wir uns erquickten. Drei heiße siegreiche Schlachten hatte das Regiment hinter sich, über 800 seiner Krieger lagen in ihren Gräbern oder auf dem Siechbette. Ein eigener Kreis bildete sich auch heute Abend um den Trommel=Altar, um das hl. Abendmahl zu empfangen.

Vor Metz.

Vaux, den 23. August.

Das VII. Corps rückt heute von dem Kampfplatz zu Gravelotte ins Moselthal hinunter, um den Franzosen den Rückweg abzuschneiden. Die Brigade Goltz besetzt wieder die von ihr eroberten Höhen dicht unter der Festung Mont St. Quentin. Die Pioniere arbeiten mit den übrigen Truppen um die Wette an den Schützengräben und Kanonenschanzen. Das stolze Fort sieht zu und sagt kein Wort, während es doch mit wenigen Granatschüssen die Schanzengräber auseinander treiben könnte. Die Franzosen sind uns gegenüber auch am Schanzen graben. Ob sie glauben, daß wir aufs neue gegen sie anlaufen werden? Unsere Generale denken hoffentlich nicht daran. Die preußischen Truppen haben beim Sturm auf die französischen festen Stellungen über und über genug Blut verspritzt. Die Rolle muß sich einmal umkehren.

Das 15. Regiment (Bielefeld), welches die vordersten Höhen unter den Kanonen besetzt hat, bittet um Gottesdienst. Leider finde ich zur bestimmten Stunde die Truppen meist an der Arbeit, so kann ich nur mit den gerade ruhenden ein Lied anstimmen und einen Psalm lesen. Von allen Kompagnien melden sich viele Leute, die durch irgend einen Umstand das Abendmahl noch nicht empfangen haben. Der große Ernst der Lage treibt die Leute, ihre Rechnung richtig zu machen. — Überall werde ich von den abkochenden Soldaten, Offizieren und Gemeinen, zum Abendbrot eingeladen. Ein Feld=

geistlicher hat nie Not zu leiden, so lange die Truppen noch was zu essen haben. Inzwischen ist die Nacht hereingebrochen, und ich begleite den Oberst v. D. vom 15. Regiment auf seinem Gang durch die Vorpostenlinien. In einer düstern Schlucht, von hohen Tannen eingeschlossen, brennt ein Wachtfeuer, von lagernden Soldaten umgeben. Husaren halten unter den Bäumen, haben Losung und Feldgeschrei gebracht, das beim ungewissen Leuchten des Feuers mühsam entziffert wird. Beim Schein einer Kerze geleitet uns ein Soldat von der Höhe des Tannenwaldes Hunderte von Stufen durch einen prachtvollen Park mit verschlungenen Wegen und Grotten hinunter in ein Schlößchen, wo der Oberst sein Quartier hat. Er ladet mich freundlich zu sich ein.

Leider werden unsere braven Truppen um die Nachtruhe betrogen. Um 10 Uhr kommen Überläufer an, welche melden, daß die Franzosen diese Nacht einen Durchbruch versuchen wollen, gerade auf unsere Stellung bei Vaux. Alles muß an die Gewehre. Die ganze Nacht kommen Truppen zu unserer Verstärkung an vom 73. und 13. Regiment und den 7. Jägern. Der Morgen graut und kein Feind zeigt sich.

Sind es nur verstellte Überläufer gewesen, die uns eine Nachtruhe rauben wollten?

den 23.

Ein Gang in die Lazarette von Ars bringt Freude und Leid; Freude, denn die lieben Streiter sind nun doch schon meist auf reinlichen Lagern gebettet und einigermaßen mit Speis und Trank erquickt, auch schaut mancher schon freundlich und hoffnungsvoll auf den nahen Tag der Heimkehr. — Leid, denn es fehlt manch' liebes Antlitz, das ich vorgestern noch sah, und ich erfahre, daß der Todesengel inzwischen vielfach eingekehrt ist.

Der Nachmittag bringt eine schöne Abwechslung. Das 2. Bataillon 15. Regiments liegt in den Weinbergen nahe bei dem Dorfe Vaux, und Oberstleutnant von Pannwitz erlaubt, daß wir in die sehr schöne und geräumige Dorfkirche gehen dürfen, die sich bis auf den letzten Platz füllt. Ein lieber Lehrer aus Werther, der bei dem Bataillon steht, setzt sich an die Orgel, und wir singen: „Befiehl du deine Wege" und zum Schluß: „Hallelujah, Lob, Preis und Ehr'." Namentlich war die Abendmahlsfeier in dem stillen Raum eine besonders erquickliche. Die Bivouaks draußen sind zu eng beisammen. Mein Abendbrot bekomme ich aufs freund= lichste gereicht beim Lieutenant Str. Viele liebe Ravens= berger Bekannte werden aufgefunden und begrüßt. Die Leute haben sich mit der Zeit schöne, wasserdichte Hütten gebaut, die laut Befehl auf 4 Wochen eingerichtet sind. Der eiserne Gürtel wird immer fester um Metz gezogen.

den 24.

Verschiedene Lazarettgeistliche sind angekommen, Jung von Nauen und Bayer aus Elberfeld übernehmen die Lazarette von Ars. Ich besuche nur einige bekannte Offi= ziere. Einige Offiziere vom 55. Regiment reiten vorüber und beklagen sich, sie hätten am letzten Sonntag mit ihren Kompagnien Schanzen graben müssen und hätten nicht zum Gottesdienst kommen können. Welche Freude und Erleichte= rung, daß nicht nur unser Brigadegeneral v. d. Goltz und die beiden Obersten v. Barby und v. Delitz mit wärmstem Herzen die Gottesdienste begünstigen und sich an ihnen be= teiligen, sondern daß auch die übrigen Offiziere und Soldaten so fleißig darum bitten. — Die Kanonen der hohen Festung, die gerade gestern und heute vor den Gottesdiensten ihre Stimme hören ließen, helfen trefflich zur rechten Stimmung. So gab es denn auch hier wieder eine sehr zahlreiche und andächtige Zuhörerschar in der schönen Kirche zu Vaux, nachher beteiligte sich eine ziemliche Anzahl an dem Abend= mahl, mit dem unsre Gottesdienste regelmäßig schließen.

Eben sind über 1000 Mann Ersatztruppen für das 15. und 55. Regiment angekommen, viele Freiwillige, darunter zarte Gestalten. Werden sie den anstrengenden Dienst aus= halten? Unser 15. Regiment ist heute den 18. Tag auf Vorposten, Tag und Nacht ohne Ruhe.

den 27.

Die beiden Dörfer Vaux und Jussy, welche am Abend des 18. von der Brigade Goltz genommen wurden, sind fast die schönsten Dörfer, die ich mein Leben lang kennen gelernt. Sie liegen etwa 200 Fuß über der Mosel auf Rebenhügeln, die von prachtvollen Gärten reicher Gutsbesitzer unterbrochen sind. Die Höhen über den Dörfern sind mit Tannenwäldern gekrönt, an deren Rändern sich das 15. Regiment verschanzt hat, während einige Kompagnien die Dörfer besetzt halten. Vor dem Garten-Pavillon des kleinen Schlosses, das der Oberst bewohnt, ist die Aussicht zum Entzücken schön. Ich stand mit einer Anzahl Offiziere gestern Abend lange oben, und wir konnten uns an der Herrlichkeit nicht satt sehen. Die Mosel mit ihren schönen, grünen Pappelinseln, auf denen viele hundert Stück unseres stattlichen Schlachtviehs weiden, die vielen schönen Dörfer mit ihren Rebengeländen, die Stadt Metz zu unseren Füßen mit ihrem altdeutschen Dom und vielen prächtigen Gebäuden, jetzt ganz von einem blauen Wasserspiegel der aufgestauten Mosel umschlossen, die stattliche Feste Mont St. Quentin, mit dem ganzen Kranz von Festungs= werken auf den jenseitigen Höhen, die sich in der durch ein Gewitter gereinigten Luft haarscharf gegen den Horizont ab= teilen — wir alle waren einig, selten ein so schönes Pano= rama gesehen zu haben.

Jetzt zündet die 14. Division, die auf den Rebenhügeln jenseit der Mosel lagert, ihre ersten Abendfeuer an, ihm folgt das 1. Corps, das in der Ebene auf dem Schlacht= feld des 14. lagert, und nun wird es auch in den vielen französischen Lagerstätten zwischen Stadt und Festung immer heller und heller, bis ein ganzer Gürtel von Feuerschein uns umgiebt. Man hätte bald vergessen, daß Krieg ist, so still und friedlich ist das Bild. Allein jetzt zeigt sich ein Rauch= wölkchen nach dem andern auf dem jenseitigen Ufer, von einem schwachen Knall alsbald gefolgt. General Manteuffel wirft eine Anzahl Granaten in eine frisch ins Werk ge=

nommene französische Schanze, um die nächtlichen Arbeiter daraus zu vertreiben. Es dauert nur ¼ Stunde, dann ist alles wieder still. Aber auch andere Scenen stören die Freude an dem schönen Abendgemälde. Da kommt eine Anzahl Frauen aus Ars zurück; sie haben Erlaubnis, sich dort Brot zu kaufen, bringen aber keins mit. Die Schar kleiner Kinder umringt sie, nach Brot verlangend, aber sie können ihnen keins geben. Die Mütter mit Säuglingen an der Brust sehen blaß und elend aus und haben bei dem Mangel an Nahrung ihren Kleinen nichts mehr zu bieten. Unsere wackern 15er teilen gern mit, was sie haben, allein sie bekamen bis dahin nur die Hälfte ihrer Brot=Portion und diese Hälfte halb verschimmelt. Unserm tapfern Bataillonskommandeur bricht das Herz über dem Jammer; er bittet mich zum General zu gehen und für die armen Dorfbewohner um Brot zu bitten. Ich hatte die Freude, bei meinem nächsten Besuch in Jussy die muntere Kinderschar mit großen Stücken preußischen Soldatenbrotes, mit Pflaumenmus beschmiert, umherspringen zu sehen. Wir haben längst herzliche Freundschaft geschlossen.

den 29.

So viel als möglich möchte man so gern unsere braven Soldaten merken lassen, daß Sonntag sei, und mit ihnen Sonntagsfrieden schmecken mitten im Streit. Das schenkte uns gestern der liebe Gott reichlich, und da die Soldatengottesdienste nur kurz sind, kann man ohne Anstrengung öfter dienen als sonst.

Früh sammelte sich das 2. Bataillon in dem hohen Tannenwald hoch über Vaux, nachher kamen die Abendmahlsgäste samt einer großen Zuhörerschar in der schönen stillen Kirche zu Vaux zusammen. Am Nachmittage fand sich das 55. Regiment und die 7. Jäger in dem gewaltigen Raum der Eisenhütte zusammen, und als es Nacht geworden war, drängt sich noch einmal eine große Abendmahlsschar in die Kirche zu Ars. Dieselbe ist ganz mit Schießscharten versehen — eine Kompagnie 13er lagert im Hintergrunde und hat ihre Gewehre zwischen den Säulen aufgestellt; wenige Kerzen erleuchten den weiten Raum — die Regimentsmusik spielt: „Schmücke dich, o liebe Seele" — und alles bleibt still und friedlich, während im Chor die Abendmahlsfeier stattfindet. — Es sind 1200 Ersatzleute für die 26. Brigade eingetroffen, die die Lücken der Gefallenen und Verwundeten ausfüllen, diese wollen sich auch gern für alle Fälle fertig halten; und so giebt es wieder eine große Schar am Tische des Herrn. —

den 30.

Über Langeweile haben unsere Soldaten bei der Einschließung der Festung Metz und der französischen Armee nicht zu klagen.

Jeden Morgen um 2 Uhr muß unsere ganze Avantgarde an den Gewehren stehen, und unser General reitet zwischen ihr herum, um zu sehen, ob alles wacker ist. Denn jeden Morgen erwartet man zuversichtlich einen verzweifelten Ausfall der Franzosen. Dann wird Kaffee gekocht, und alsbald geht es an die Schanzarbeiten. Immer fester wird der eiserne Gürtel dem Feind um den Hals geschnürt. Unser 15. Regiment hat immer noch den Vorpostendienst auf den herrlichen Höhen von Jussy und Vaux, und täglich müssen sich die Feldwachen mit den feindlichen Vorposten herumknallen. Das erhält die Leute in heilsamem Ernst. Jeden Tag melden sich neue Kompagnien, die um Gottesdienst bitten, da ich am Sonntag nur 4 habe bedienen können. Die beiden Kirchen von Jussy und Vaux fassen gerade je 2 Kompagnien, und mehr sind bei dem zerstreuten Wachtdienst in den beiden Bergen auch selten zugleich abkömmlich.

Wenn die beiden Dörfer mit ihren prachtvollen, wasserreichen Parkanlagen, deren sich kein Königsschloß zu schämen hätte, wohl die schönsten sind, die ich mein Leben gesehen habe, so sind die beiden Kirchen der übrigen Pracht würdig, beide im edelsten gothischen Stil gebaut, und namentlich die Kirche von Jussy mit den prachtvollsten Glasmalereien geschmückt, meist jedes Fenster von einer andern adeligen Familie gestiftet, die hier oben ihre Schlösser haben. Wenn dann die Kirche ganz gefüllt ist mit unsern schmucken Kriegern in blanken Helmen, dann ist's wirklich ein prächtiger Anblick. Am Sonntag früh spielte einer unserer Offiziere selbst die Orgel in Jussy zur Freude der Soldaten, und der Kompagnie=Chef, Hauptmann v. D., erbat sich hernach, die Liturgie zum nächsten Sonntag 4stimmig mit den Sängern des Füsilier= bataillons einzuüben. Das sind freundliche Blüten, die an dem Dornstrauch des blutigen Krieges wachsen.

den 31. August.

Auf der Höhe zwischen Vaux und Jussy steht im Wein= berge ein hohes, steinernes Kreuz, sehr schön gearbeitet, ganz von Epheu umschlungen. Hier war am 18. ein französischer Soldat gefallen, dessen rote Uniformstücke noch umherliegen; und 50 Schritte weiter schaut aus den Reben ein Soldaten= helm heraus, der auf ein Holzkreuz gesteckt, das Grab eines tapfern preußischen Kanoniers anzeigt, den wir erst 4 Tage nach der Schlacht gefunden haben. Ein wenig weiter links hinauf ist das Grab eines 15er, der am Abend des 18. einen gar leichten Tod gefunden. Der Schützenzug hatte hier länger in veröbeter Stellung gelegen, es war schon Nacht, und der Soldat lehnt sich müde an eine Steinwand und schläft ein. Als nun die Kameraden ihn rufen, um weiter zu gehen, bleibt er stille sitzen und antwortet nicht mehr. Er hat eine Kugel durch den Kopf; ohne einen einzigen Schmerzenslaut ist er hinübergeschlummert.

Ich war auf dem Wege, den lieben Lehrer L. von der 7. Jäger=Kompagnie für unseren Abendgottesdienst zu suchen, der mir in den letzten Tagen immer die Orgel spielte, und hatte mich auf der Steinbank unter dem Kreuz etwas aus= geruht und an der herrlichen Landschaft mich erquickt, die heute wieder in besonders klarem Abendlichte vor mir lag.

Schon seit heute früh hatte man französische Kolonnen an den nordöstlichen Thoren von Metz marschieren sehen und Kanonendonner vernommen. Es war aber wieder still ge= worden. Jetzt gegen 4 Uhr erhebt er sich auf's neue, man sieht wie von rechts und links die preußischen Kanonen die französischen Batterien angreifen. Immer häufiger zeigen sich die weißen Wölkchen der platzenden Granaten, immer schneller folgen die Kanonenschläge, oft 12 in der Minute; doch scheint es, daß den Franzosen ihr versuchter Durchbruch nicht gelingt, denn die Feste St. Julien, gerade unserm St. Quentin entgegengesetzt, erhebt immer lauter ihre Stimme. Es muß also das französische Heer zurückgetrieben worden sein. Ich glaube wohl 2000 Schüsse in der Stunde zu vernehmen. Eine ernste Vorbereitungsstunde zum Abendgottesdienst. Wir singen: „Schaffet, schaffet Menschenkinder" und lesen 2. Corinther 6, 1—10. Da inzwischen die Nacht hereingebrochen, werden die hohen Kerzen um den Altar angesteckt, und eine ernste stille Schar empfängt das Abendmahl des Herrn.

C., den 2. September.

Der gestrige Tag war ein recht bewegter Tag. Schon um 5 Uhr früh erhob der mit der vorigen Nacht verstummte Kanonendonner wieder sein Gebrüll im Nordosten von Metz. Von der Plattform der Fabrikgehöfte kann man ziemlich genau den Gang der Schlacht beobachten. Die Preußen haben offenbar in der Nacht von rechts und links Verstärkung bekommen, das Tags zuvor unvollendete Werk wird nun kräftig hinausgeführt, und bis Mittag sind die französischen Kolonnen in vollem Rückzug in die unglückliche Stadt. Bald, nachmittags, kommen Parlamentäre bei unserm General vorüber, bitten um Ärzte und Wasser für die Verwundeten. Die Wasserleitungen sind nämlich abgeschnitten. Prinz Friedrich Karl wird schwerlich von etwas anderm wissen wollen, als unbedingter Übergabe.

Bei einem Gang durch die Lazarette in Ars habe ich die Freude, Kandidat P. S. zu treffen, der mit einer Anzahl Brüdern das dortige Ruhrlazarett übernommen hat. Herr v. B. sagt mir, sie alle wirkten dort mit großer Hingebung. Das Feldlager steckt ganz voll freiwilliger Krankenpfleger, Turner, Sänger und Studenten in allen möglichen Uniformen, allein leider sind wenige darunter, die die Lust und Gabe verborgener, unscheinbarer Liebe haben. Die meisten wollen

Blut sehen und außerordentliche Dinge thun, und finden sie das nicht, so treiben sie sich herum und vandalieren. Hier müßte strengere Zucht sein. Um so mehr freut es mich, daß P. S. den von allen am meisten verachteten Dienst im Ruhr- und Typhus-Lazarett übernommen hat.

Mit ihm zugleich treffe ich auch die 4 wackern Brüder aus Ducherow, die, von einem Duisburger Bruder geführt, den heißen Dienst in dem armen Gravelotte übernommen haben und heute nur einen kleinen Erholungsspaziergang machen. Bei ihnen ist Pastor F., der als einfacher Felddiakon ausgezogen ist. Er hat die kronprinzliche Armee begleitet, ist aber krank geworden und kann seine Truppe nicht wiederfinden. Er ist sofort bereit, einen Teil der Lazarette ins Ars zu übernehmen.

Gleichzeitig mit der Nachricht, daß die Franzosen in die Festung zurückgeworfen, kommt jetzt auch die Siegesbotschaft der beiden Kronprinzen über Mac Mahon. Gelobt sei Gott!

C., den 2. September.

Der Abend findet mich noch einmal in unsrer traulichen Kirche zu Vaux. Leider kommt kurz vor dem Beginn des Gottesdienstes die Nachricht, daß unsre ganze Division teils in der Nacht, teils am frühsten Morgen über die Mosel gehen soll, um dort die schwächste Stelle, an der man einen Durchbruch erwartet, auszufüllen. So war es diesmal nur eine kleine Schar, aber eine um so andächtigere, die an der Abendandacht über Psalm 34 teil nehmen konnte, und es waren ihrer gerade 12, die zum Abendmahl kamen, so daß die Beichtvermahnung über Matth. 26, 20—22 besonders nahe lag. Als ich mit den 12 fertig war und eben ziehen wollte, kommen noch 3 Husaren in die Kirche, einer aus Hamm, einer aus Witten, einer aus Bielefeld und bitten so bescheiden und herzlich auch um das Abendmahl, daß ich es unmöglich abschlagen kann.

Nicht ohne Wehmut nehme ich Abschied von der schönen, stillen Kirche, in der ich so manche Erquickungsstunde gehabt, und von unsern freundlichen Wirtsleuten im Schlößchen zu

Baur, der alten Großmutter, ihrem Sohne und der Marie, der alten treuen Köchin, einer Deutschen, die in den 14 Tagen uns treulich unser Fleisch gekocht und uns aufs beste versorgt hat. Die guten Leute wollen uns gar nicht ziehen lassen und fürchten sich vor dem 8. Corps, das in unsre Stelle einrückt.

A., den 3. September.

Mit dem ersten Morgengrauen rückte gestern unsre Brigade bei Ancy über die Mosel hinüber, marschierte über einen hohen Berg, dessen Gipfel mit einer Ruine gekrönt uns einen weiten herrlichen Blick auf die ganze Umgegend gewährt und uns zugleich die Gewißheit giebt, daß die Franzosen nicht ausgebrochen sind. In Coin de Cuvry, zwei Stunden von der Mosel, wird Halt gemacht. In einem greulich verwüsteten Landhause, das voll Verwundeter und Leichen gelegen, richten wir uns ein und erwarten weitere Ordre. Nach drei Stunden heißt es: „Alles wieder in die alten Quartiere zurück; der Großherzog von Mecklenburg ist angekommen und füllt unsere Lücke aus." Es war uns eine gute Botschaft.

Ich nehme, mit Erlaubnis des Generals, meinen Weg über Corny und bringe mit den 4 Lazarett-Geistlichen Weikert, Fischer, Nynk und Schulze-Nölle einige trauliche Abendstunden zu. Sie wohnen im Schlößchen des herrlichen Parkes von Corny. Ueber und über mit Staub bedeckt, in Begleitung eines Dillenburgers vom · 39. Regiment, komme ich recht müde in mein altes Quartier zurück, das ich auf's beste neu eingerichtet finde. Das 8. Corps hat uns wieder Platz gemacht.

5. September.

Das war einmal wieder ein lieber stiller Sonntag gestern in allen Kriegslärm hinein. Von allen Seiten erschallen durch die weiten Feldlager im Moselthal unter Posaunenbegleitung die Danklieder unsrer Krieger. Der Sonnabend hatte ja die fast unglaubliche Nachricht von der Kapitulation des französischen Heeres und seines Kaisers gebracht. General von Zastrow stand selbst mitten auf der Straße und teilte es den Soldaten mit. Ueberall freudestrahlende Gesichter, überall auf den Lippen das süße Wort: Friede, der nun doch nahe gehofft werden darf. Nach dem gewaltigen Gewitter, das gestern zugleich mit der Siegesbotschaft das Moselthal durchzog, brach ein wunderschöner, heller Herbstmorgen an, und das 55. Regiment konnte Gottesdienst und Abendmahlsfeier wieder auf der schönen Wiese zwischen Eisenbahn und Mosel halten. Unser General will aber noch kein Te Deum gesungen haben, wie es bei anderen Regimentern geschieht, so lange die hohe Festung noch unbezwungen auf uns herunterschaut. Wir sangen: „Bis hieher hat uns Gott gebracht" zu 1. Sam. 12.

Das 15. Regiment, das bei seinem beschwerlichen Vorpostendienst auf den Höhen von Jussy und Vaux in lauter einzelne Kompagnien zersplittert ist, kann nicht gemeinsam Gottesdienst feiern, doch finde ich meine beiden lieben schönen Kirchen dort am Nachmittag und Abend dicht gefüllt. Zwei und eine halbe Woche haben die braven Leute Tag und Nacht keine Rast gehabt, immer unter den Kanonen geschlafen, wo man ihre Lagerplätze genau kannte und sie jeden Augenblick mit Granaten überschütten konnte, dazu werden sie beständig von den Chassepotkugeln umpfiffen, so oft sie auf Posten stehn, — Gottlob immer ohne Schaden zu leiden. Gestern erst hat ein französischer Posten seine sämtlichen 90 Kugeln auf unsere Vorposten abgefeuert, ohne nur einmal zu treffen. Unsere Leute antworten garnicht; einer unsrer Oberjäger, auf den auch 20 Kugeln abgegeben waren, ist vorgesprungen und hat das Gewehr präsentiert zum Dank für das gute Schießen.

Die Kirche von Jussy war hell erleuchtet und bot einen prächtigen Anblick dar. Die Soldaten alle vollständig marschfertig, die Mäntel um die Schultern gerollt, um jeden Augenblick fertig zu sein, denn auf dem Kirchhofe steht einer der äußersten Vorposten gegen den Feind. Sie sind heute zum letztenmal hier versammelt, da das Regiment morgen abgelöst wird, und so giebt es besondere Ursache zum Dank im Blick auf die vergangenen Wochen, reich an Gefahr und reich an göttlicher Hilfe. Nach der Abendmahlsfeier nach Vaux zurückkehrend, finde ich auf der schönen Höhe an dem Epheu= kreuz, von dem ich neulich erzählte, eine Schildwache, die still in die herrliche Mondnacht hinaus auf die nahen feind= lichen Wachtfeuer hinüberblickt. Es ist ein Sohn Abrahams, und ich kann es nicht lassen, mit ihm ein Gespräch anzu= knüpfen über den Gott Abrahams, Isaaks und Jakobs und eben den Sohn Abrahams, durch den alle Geschlechter auf Erden gesegnet werden sollen, und der in diesen Tagen so vieler Sterbender Trost und Hoffnung geworden sei und auch Israels Trost heißen wolle. Allmählich finden sich andere Soldaten aus der nahen Feldwache hinzu und nun giebt es unversehens eine kurze Andacht unter dem Epheukreuz. Der Abrahamssohn aber drückte mir aufs herzlichste die Hand zum Abschied. —

Die Stadt Metz lag so frieblich und schön im Mond= schein vor uns, kein Klageton drang zu uns auf die Höhe; und doch mußte ich an die 30 000 Verwundeten denken mit ihren unzähligen Seufzern, da sie nicht einmal einen Trunk guten Wassers für ihre lechzenden Lippen haben. Arme Erde, wann wird die Stunde kommen, wo man auf dir keine Thräne mehr weint!

7. September.

Unsere Brigade ging in der Nacht vom 5. auf den 6. abermals auf das rechte Moselufer. Die Vernichtung der Armee Mac Mahons gestattet die eiserne Kette um Metz noch enger und fester zu schließen, und so wird unser VII. Armee= corps ganz in die schwächste Stelle des südlichen Kranzes ge= schoben, wo man einen Durchbruch für möglich hält. Das VIII. Corps löst uns in Ars ab.

Ich hatte meinen Wagen einem katholischen Pastor ge= borgt, der barmherzige Schwestern gebracht hatte, und da ich einen kranken Küster und einen kranken Pferdeknecht hatte, den ich noch zurücklassen wollte, erbat ich mir Erlaubnis, meinen durch die Truppenbewegungen festgehaltenen Wagen abwarten zu dürfen. Auf diese Weise gewann ich einen mir willkommenen Aufenthalt von einem ganzen Tag, sobaß ich all meine lieben Schmerzensleute in den Lazaretten von Ars noch einmal sehen und von ihnen Abschied nehmen konnte. Es ist etwas besonders Wehmütiges und zugleich Erhebendes um solch eine allmählich zusammenschmelzende Schar eines Schlachtfeldlazaretts. Täglich ziehen die, welche irgend transportabel sind, auf den Eisenbahnzügen fort in die Heimat, weinend reichen sie den Zurückbleibenden, an deren Seite sie geseufzt und gelitten, die Hand zum Abschied; täglich auch giebt es Pilgrimme zur großen Ewigkeit und, wie man mit Freuden erkennen kann, auch zur rechten Heimat im Himmel. — In der großen Markthalle fand ich von 100, die in den ersten Tagen hier lagen, nur noch etwa 30, meist Amputierte oder sonst sehr schwer verwundete, von katholischen Brüdern aus dem Jesuitenorden — ich muß der Wahrheit die Ehre geben — ohne Proselytenmacherei, mit rühmlicher Liebe und Treue, wie alle Kranken bezeugten, gepflegt.

Man findet aber nicht nur zerbrochene Glieder, sondern auch wahrhaft zerbrochene und zerschlagene Herzen, in der Trübsalsglut geläutert, tief bewegt von jedem Wort aus Gottes Munde, sanft und weich und voll Verständnis für die heiligen Wege und Gerichte Gottes. — „Es mußte so mit mir kommen", bekennt mir einer aus freien Stücken, der schon 66 mitgefochten, „ich hatte im letzten Krieg meinem Gott gelobt, ich wollte ihm nun treulich dienen, aber ich habe es nicht gehalten." — Und nun erneuert er sein Gelübde mit einer solchen innigen Sehnsucht, doch diesmal treu bleiben zu dürfen und sich seines Heilandes nicht wieder zu schämen, daß es mir durch Mark und Bein geht. Er reicht mir sein Neues Testament, und ich muß ihm, zur steten Erinnerung seines Gelübdes, Pj. 116, 14 hineinschreiben. — Ach, daß doch auf den Blutfeldern des Krieges viele solche gute Garben für Gottes Scheuern gesammelt würden! Es will mir scheinen, als ob im ganzen diesmal weit mehr die Zuchtrute Gottes erkannt und gefühlt würde als 66. Bei den furchtbar blutigen Siegen haben die aus den Schlachten zurückkehrenden Soldaten mehr den Eindruck einer schweren Heimsuchung, als eines ruhmvollen Sieges. Möchten doch auch die Zeitungen das Prahlen lassen! — Ganz besonders freundlich strecken mir einige 15 er und 55 er, die ich noch hier und da finde, die Hände entgegen, als alte, liebe Bekannte, und bestellen Grüße an ihre Kameraden. Zwei mit abgenommenen Beinen, ein 73 er und ein 55 er, wollen mich gar nicht weglassen und wollen unvergessen sein. Und auch deiner möchte ich nicht vergessen, du braver Freiwilliger vom Franz-Regiment! Er hat eine Kugel durch die Stirn, Streifschuß, eine zweite durch das linke Handgelenk, eine dritte durch den linken Oberarm, eine vierte durch die Brust, eine fünfte durch den Zeh des linken Fußes, und liegt so friedlich und freundlich da, als habe ihm Gott nur eine Wohlthat erwiesen mit seiner scharfen Rute. Wo bleiben da die kleinen Sorgen und Verdrießlichkeiten des Alltagslebens, über die man sonst wohl gemurrt und geklagt? Wie muß man sich schämen solchen stillen Leidträgern gegenüber. — Auf dem Wege hierher hatte ich die große Erquickung und Freude, mit den Lazarettbrüdern von Corny: Weikert, Nynk, Schulze-Nölle und dem eben eingetroffenen Bruder Ohly von Haiger ein trautes Stündchen gegenseitigen Austausches verbringen zu dürfen. Ohly bekommt Auftrag, den über seiner reichlichen treuen Arbeit seit mehreren Tagen krank gewordenen Pastor Jung in Ars abzulösen, und ich freue mich für meine lieben Leidträger dort, sie in so guten Händen zu wissen.

In Ars hatte ich 14 Tage lang in dem Kämmerlein einer armen Magd gewohnt, wofür ich dankbar genug sein mußte; hier erwartete ich höchstens einen Scheunenflur und finde statt dessen in einem prachtvollen verlassenen Schloß für mich ein Zimmer reserviert, in welchem alles von Marmor, Sammt und Seide starrt. Wir sind nun wirklich in der Arrièregarde, und unser General v. d. Goltz, der alle Strapazen mit seinen Truppen treulich geteilt hat und jede Nacht auf den Ausfall der Franzosen gerüstet war, legt heute zum erstenmal, seit er französischen Boden betreten (6. August), seine Kleider ab, um nun ruhig in einem Bette zu schlafen.

9. September.

Seit 2 Tagen das heftigste Regenwetter. Es ist eine schwere Aufgabe, sich in einem schönen Zimmer im guten Bette niederzulegen und zu schlafen, wenn draußen der Regen die ganze Nacht hindurch auf die Steine schlägt und man weiß, daß die armen Soldaten nicht einmal Stroh in ihren elenden Laubhütten haben. Es ging mir durch Mark und Bein. — Unser General kann es auch nicht länger mit ansehen, und alle Soldaten werden in die beiden uns angewiesenen Dörfer einquartiert. 6000 Soldaten in zwei Dörfchen wie Dellwig und Langschede, man stelle sich das vor! Leider haben wir auch nur eine kleine Kirche in dem benachbarten Dorf, in welche nur 1$\frac{1}{2}$ Kompanien hineingehen, das erschwert die Arbeit. Hätte ich nur zu lesen für die Leute! Wenn ich mich mit meinem kleinen Vorrat von Testamenten und Traktaten sehen lasse, die ich mir mühsam verschafft, werde ich umdrängt und angefleht mitzuteilen, als hätte ich Gold und Edelsteine in meinem Täschchen. Es wird jetzt Gottlob bei vielen zur buchstäblichen Wahrheit: „Dein Wort ist mir lieber als viel tausend Stücke Goldes und Silbers." Gold und Silber hat gar keinen Wert, da man hier auch nicht das geringste dafür kaufen kann.

Täglich passieren große Züge gefangener Franzosen, öfter 3000 auf einmal hier durch, gestern auch ein Trupp von 228 Offizieren; die Soldaten zum Teil noch frech und unnütz, die Offiziere ernst mit dem Ausdruck tiefer Traurigkeit, besonders die alten grauen Häupter, die auf Wagen gefahren werden. Unsere Offiziere grüßen achtungsvoll und die Franzosen grüßen ebenso wieder.

Hierbei sei ein Wort gesagt. Es ist gewiß nur richtig, wenn die deutschen Frauen vor falschen und unpassenden Zuvorkommenheiten gegen französische verwundete Soldaten und Offiziere gewarnt werden, aber unrichtig ist es und eine Verunglimpfung unserer eigenen tapferen Truppen, wenn man die ganze französische Armee in unsern Zeitungen als einen verfaulten und sittlich versunkenen Menschenhaufen ausschreit, an welchem nichts Gutes mehr zu finden sei. Es giebt viele Ausnahmen. Ich denke gern an den wackern Kommandanten des Forts von Romainville bei Paris, der unsre Schulkinder besuchte, sie mit Kirschen beschenkte und sie dann auch zu sich einlud; und wie manche treue, entschiedene Christen giebt es unter den gemeinen Soldaten! Auch jetzt auf den Krankenbetten habe ich viel Empfänglichkeit bei den Franzosen gefunden, und viel dankbare Herzen bei Offizieren und Gemeinen. Ein ganz versumpfter Menschenhaufe schlägt sich auch nicht mit solcher Tapferkeit, wie sich die Franzosen, namentlich in den drei Schlachten vor Metz, geschlagen haben. Es sind auch Enkel Colignys und anderer französischer Glaubenshelden darunter, die den Geist und die strenge Sittlichkeit ihrer Väter bewahrt haben. Ueberhaupt ist es hohe Zeit, daß man dem Schüren des Hasses und der Bitterkeit Einhalt thut und sich nicht durch die Wut der französischen Zeitungsstimmen zu gleicher Versündigung hinreißen läßt, um so mehr, als Gott an uns so Großes gethan hat. — Wie mancher deutsche Krieger ist von Franzosen mit ganzer Liebe und Treue gepflegt worden, wie manches Dankeswort habe ich von Deutschen gehört! Der katholische Pfarrer zu Ars, ein Stockfranzose, füttert und pflegt den durch beide Hände geschossenen Lieutenant H. wie seinen Bruder, und gern hätte ich die nur nach Rache schreienden Zeitungsschreiber einmal in die Schule zu Vaux geführt, und ihnen die katholischen Schulschwestern gezeigt, die Tag und Nacht mit rührendster Treue unsere Preußen gepflegt und mehr wie einem den letzten Labetrunk gereicht, den letzten Schweiß vom Angesicht gewischt haben. — Gott hat Frankreich und seinen Kaiser schwer gezüchtigt, aber es gilt jetzt Deutschland täglich Pauli Wort zuzurufen: „Sei nicht stolz, sondern fürchte dich." — Römer 11.

Unser reizendes Schloß hat sich auch ganz gefüllt. Es gehört einer Frau von Wendel, einer Witwe, die sich mit ihren 7 Kindern nach Luxemburg geflüchtet hat. Ich darf ein schönes stilles Zimmer nach dem Garten zu bewohnen. Die Aussicht in den terrassenförmig niedersteigenden, wohl

30 Morgen großen Park, ist sehr schön; die Springbrunnen springen noch, Husaren tränken dort ihre Pferde. Hinter dem Garten prächtige Wiesen an beiden Seiten der Seille, auf welchen sich die aus den Ställen getriebenen Pferde der armen Dorfbewohner umhertreiben. Niemand denkt daran, den Acker zu bestellen.

Die Festung St. Quentin schaut immer noch schweigsam auf uns hernieder, aber wir sind nicht mehr in Schußweite, wie die 3 Wochen in Ars. Armes zertretenes Lothringen, wann wird der Friede wieder bei dir einkehren!

12. September.

Der Großherzog von Mecklenburg ist mit seinem Corps nach Chalons abmarschiert, und unsere Division hat seine Lücke ausfüllen müssen. Es ist eine schwere Geduldsprobe für unsre tapfern Truppen, wieder weiter rückwärts auf das alte Gefechtsfeld zu müssen, wo sie am 14. gestritten. Vor mir liegt der Wald, wo wir am 15. abends unsre Erstlinge begruben. Alle Dörfer namenlos verwüstet, besonders das Landhaus an der Chaussee Straßburg=Metz, wo unser General Quartier nimmt. Von den guten Betten des Schlößchen Coin sur Seille geht es wieder auf unausgedroschenes Weizenstroh. Ein hartes Lager! aber wie wenige haben selbst das!

Gottlob war es den Sonnabend am Marschtage wieder hell geworden nach dem entsetzlichen Regenwetter, und die Sonntag=Morgensonne scheint wieder gar freundlich auf die blanken Helme unsrer um den Trommelaltar versammelten 15er, die sich hinter einer Waldecke geschützt vor feindlichen Blicken und Kugeln, aufgestellt haben. Die unmittelbare Nähe des Feindes giebt der Kriegsgemeinde wieder jenen stillen heiligen Ernst, der die Predigt so leicht macht.

Am Nachmittage, vor dem Gottesdienst mit dem 55. Regiment, mußte ich als Dolmetscher zwei arme Schelme in's Verhör nehmen, zwei französische Bauernburschen, die sich durch die Vorposten hatten schleichen wollen. Sie kamen aus Metz. Als vor ihren Augen scharf geladen wurde, fingen sie bitterlich an zu weinen und behaupteten, der Hunger habe sie fortgetrieben, ihre alten Eltern hätten aus Furcht nicht mitgewollt. — Es wird freilich auf alle, die aus Metz fliehen wollen, von unsern Vorposten geschossen, aber hoch über die Köpfe weg. Sie sollen Metz aushungern helfen. Die beiden sagten aus, daß das Pfund Pferdefleisch drei Franken koste, und täglich würden 300 Pferde geschlachtet, da Rindfleisch schon lange nicht mehr da sei. Den Soldaten gäbe man noch etwas zu essen, aber die anderen Leute wüßten nicht mehr durchzukommen. Möchte die unglückliche Stadt bald am Ende ihres Jammers sein! Das Elend dort ist gewiß viel schwerer als eine blutige Schlacht.

13. September.

Mercy le Haut ist ein altertümliches Schlößchen, auf der Höhe hinter dem Dorfe Jury gelegen und von einem prächtigen, von hohen Baumalleen durchschnittenen Park umgeben. Hier kampieren jetzt 2 Kompanien unseres 15. Regiments, teils in der Allee des Parkes, teils im Weinberg, der sich an den Park anschließt. Auf dem Boden ist durch eine Oeffnung des Daches ein Lug=ins=Land hergestellt. Man ist hier der Stadt Metz noch näher als auf unsern Höhen von Jussy, wo die Feste St. Quentin im Wege lag. Unsere Vorposten stehen nur 300 Schritt von uns, 500 Schritt weiter sieht man die französische Postenkette und dahinter einen Schanzengraben mit einer Mitrailleuse versehen, die unsern 15 ern unruhige Gedanken macht, nicht weil sie sich vor ihr fürchten, sondern weil sie beständig die Lust ankommt, ihr einen nächtlichen Besuch zu machen und sie womöglich mit auf das Schlößchen zu bringen. Hinter den Schützengräben, wieder 1000 Schritt weiter, ragt eine mächtige neue Schanze zwei Etagen hoch hervor, an welcher die Franzosen immer noch fleißig arbeiten; weiterhin rechts und links ganze Teile des französischen Feldlagers. Zwischen den beiderseitigen Vorposten blickt ganz deutlich etwas rot=buntes hervor — wie unsre Leute sagen, eine französische Leiche, deren Begräbnis von beiden Seiten für zu kostspielig erachtet und deshalb liegen gelassen wird.

Armes Schloß! was wird dein Besitzer, der Vicomt de Coëtbosquet, und was wird erst deine Kinderschar sagen, wenn sie zum erstenmal wieder einziehen in diese verwüsteten Räume! Sämtliche Laden und Schränke sind erbrochen, Kleider, Bücher, Porzellan, viele reizende Kinderspielsachen 2c. liegen zerstreut und mit Füßen zertreten umher. Die Fenster nach Metz zu sind verbarrikadiert, kein Stück Möbel steht an der rechten Stelle, alles beschmutzt und zertreten. Die ganzen Bewohner des Schlosses bestehen in zwei kleinen Katzen; sie liegen in einer Kiste im Hausflur, in welcher für sie ein weiches Lager zurechtgemacht ist. Sie fühlen sich äußerst behaglich, und die Soldaten lassen es ihnen offenbar an nichts fehlen. Wie gut würden es erst die Kinder des Hauses gehabt haben, wenn ihre Eltern es gewagt hätten, mit ihnen zurückzubleiben! Uebrigens hat ein Offizier ein kleines Aktenstück aufgezeichnet, worin er erklärt, daß die Preußen das Schloß in diesem Zustand angetroffen hätten und daß es von den Franzosen so zugerichtet worden sei.

Neben der Allee, die vom Schlosse aus nach Metz führt, befinden sich zwei Soldatengräber. Die Aufschriften auf den Kreuzen besagen, daß die beiden dort Schlafenden dem württembergischen Corps angehören, und daß sie am 6. September in einem Vorpostengefecht gefallen sind. Wie haben doch alle deutschen Stämme ihren Tribut bei den blutigen Siegen bezahlen müssen!

Am Montag und Dienstag durften die Kompanien, welche am Sonntag auf Vorposten gewesen waren, ihre Sonntagsfeier nachholen. Die Eisenbahn zwischen Courcelles und Peltre bildet bei Jury einen tiefen Einschnitt, deren Böschungen mit Gehölz schön bepflanzt sind. Auf den Terrassen saßen 5 Kompanien des 15. Regiments. Die Regimentsmusik stand auf den Schienen und spielte: „Wachet auf ruft uns die Stimme." Eine Lokomotive, welche zum Rekognoszieren ausgeschickt war, sah verwundert die seltsame Versammlung. Die Abendmahlsgäste bauten sich selbst einen Altar, da jeder einen großen Stein aus dem Ufer des Dammes heran trug. Er steht noch zum Andenken an diese schöne Stunde.

Nicht weniger freundlich war unser Gottesdienstplatz am Dienstag in dem Walde zwischen Chesny und Peltre an einem kleinen See; eine Ulanenschwadron, die während des Gottesdienstes durch den Wald geritten kam, machte hier Rendez-vous und ging bei uns zu Gaste.

Au cheval rouge, den 23. September.

Nach achttägiger Abwesenheit wieder vor Metz. Unsere Brigade liegt leider noch in ihrer alten Stellung vor der trotzigen Festung. Welch wechselnde Bilder und Eindrücke während der achttägigen Reise in die liebe deutsche Heimat, zu der verschiedene Gründe innere Freiheit und willige Erlaubnis seitens meines Generals schenkten, während Pastor Winzer meine Gottesdienste übernahm. — Mit einem großen Zuge teils verwundeter, teils kranker Krieger gings nach Deutschland zurück; manch ergreifendes Begegnen und Wiedersehen an den Bahnhöfen zwischen Heimkehrenden und Daheimgebliebenen, bei denen kein Auge trocken blieb. — Was ist es doch um das Wiedersehn hienieden schon eine so selige Sache, was wird erst sein, wenn jenes Wiedersehn anbrechen wird, von dem der Heiland Joh. 16, 19 redet: „Über ein Kleines."

Wie anders sieht sich der blutige, wundenreiche Krieg an von der Heimat aus, wo die vielen Wunden und die vielen Thränen so zerstreut und weiter verteilt sind, als wie hier. Von fast 100 Soldaten, die aus meiner Gemeinde im Felde stehen, war nur einer geblieben, acht verwundet, die Verwundeten alle auf gewissem Wege der Besserung, nur von einem keine Nachricht. Verschont uns Gott mit der Cholera, so ist dieser gewaltige Krieg und Sieg uns bisher weniger teuer gekommen, als der Krieg und Sieg von 1866. Möchte auch dieser Blick in Gottes Güte uns zur Buße leiten!

Nachdem ich am Sonntag meiner Gemeinde ein Wort zugerufen und nicht ohne Wehmut die Übersiedlung in das neuerbaute Pfarrhaus angeordnet und von den alten liebgewordenen Räumen Abschied genommen, darinnen Gott der

Herr mit so viel Lieb und Leid in 6 Jahren bei uns eingekehrt war, ging es noch einmal über den Rhein nach Frankreich hinein. Diesmal reiste ich meist in Begleitung genesener oder von ihren Wunden schon geheilter Offiziere und Soldaten, die ihre Truppenteile wieder aufsuchten. Unvergeßlich ist mir der Anblick eines blutjungen bairischen Fähnbrichs, den sein Vater, Freiherr v. L., auf dem Schlachtfelde von Sedan aufgesucht hat, und den er nun, mit einer ehrenvolle Wunde geschmückt, heimgeleitet. Beide waren überglücklich, und die Ufer des schönen Rheinstromes spiegelten sich in den glänzenden Augen des jungen heimkehrenden Kriegers, der zum ersten Mal diese Herrlichkeit sah. Ein wehmütiges Paar, ein älterer Train-Offizier aus Hannover mit seiner Frau, begleitete mich von Bingerbrück aus. Sie gehen nach Mars la Tour, um das Grab ihres einzigen Sohnes aufzusuchen und aufzugraben, da sie noch ungewiß sind, ob der Begrabene wirklich ihr Sohn sei.

Nach einer Reise von 2 Tagen und 2 Nächten taucht das hohe Fort St. Quentin wieder vor meinen Augen auf. Auf der Wanderung von Courcelles nach Frentigny durch den Wald finde ich die 7. Jäger am Fischen und kann meinem General ein Taschentuch voll schöner Karpfen und Schleien mitbringen. Zwanzig vereinzelte Kanonenschüsse von der Festung verkünden, daß der Feind noch munter ist. Sie gelten dem 1. Corps. Aber kaum habe ich meine Grüße aus der deutschen Heimat bestellt, da klirren die Scheiben, und die weißen Wölkchen der platzenden Granaten zeigen sich zahlreich auf der ganzen Linie unserer Brigade; namentlich Mercy le Haut wird heftig beschossen. Im Augenblick ist alles zu Pferde, und die ganze Brigade macht sich in den Schützengräben und an den Waldecken zum Empfang der Franzosen bereit, deren heftiges Kleingewehrfeuer schon von den Vorposten vernommen wird. Wir erwarten einen entschiedenen Durchbruch Bazaines, die Halbbataillone des 15. und 55. Regiments, die hinter den Schützengräben in Reserve stehen, sehen es gern, daß wir gemeinsam ein Vaterunser beten und den Segen zum Kampf für Leben und Sterben erflehen. Die reichlich fliegenden Granaten geben die rechte Stimmung zur Andacht. Unsre äußern Vorposten haben sich nach kurzer Gegenwehr, wobei wir 1 Toten und 4 Verwundete beklagen müssen, ihrer Weisung gemäß bei dem Andrang der feindlichen Infanterie in die nächste feste Stellung zurückgezogen, und nun wartet alles in den prachtvoll angelegten Gräben auf das Erscheinen der roten Hosen — aber sie bleiben aus. Nur in dem Wäldchen zu unsrer Rechten kommen sie unsern Jägern in Schußweite, die zugleich mit einer Kompanie 13er sie blutig zurückwerfen. Die große Kolonne der Franzosen, etwa 7 Regimenter, richtet sich abermals gegen das 1. Corps, wird aber auch hier mit Granaten empfangen, und schon gegen 5 Uhr schweigt das Feuer der Festung und der 12 Feldgeschütze, welche gegen uns aufgefahren waren; die Franzosen retirieren in die Festungen zurück. In dem Wäldchen vor mir finde ich 12 Leute vom 13. Regiment verwundet, meistens leicht. Der tapfre Unteroffizier K. mit einer Kugel durch den Leib und einer durch den Schenkel, grüßt noch einmal seine Eltern, faltet still und ergeben die Hände zum Gebet und schlummert friedlich hinüber. Ein einziger Jäger ist verwundet, durch die Seite geschossen, er weint, aber nicht vor Schmerz sondern vor Freude und Dank, daß ihn Gott also behütet hat. Er hatte weit vorn auf Posten gestanden, und mehr als 200 Schüsse waren auf ihn allein von den Franzosen abgegeben, als er sein verstecktes Plätzchen verlassen. Er will sein Lebetage nicht vergessen, was Gott ihm Gutes gethan hat. — Als es dunkelt, nimmt alles die alten Stellungen wieder ein. —

24. September.

Die 7. Jäger hatten sich beschwert, daß sie wiederholt durch plötzliche Alarmierung um ihre Gottesdienste gekommen seien, und so versprach ich ihnen, am andern Morgen nach Ars Laquenexy zu kommen. Ich fand aber die 2. Kompanie erst eben von der Feldwache zurückgekehrt, nachdem die beiden andern aufgezogen waren, und so wurde auf den Wunsch der Hauptleute der Gottesdienst auf den Nachmittag festgesetzt.

Statt dessen gab es am Vormittag einen feierlichen Leichengottesdienst. Die 7. Jäger gaben gern ihre Musik ihren Waffenbrüdern, den 13ern, die am Abend vorher an ihrer Seite gekämpft, und so zog die 7. Kompanie des 13. Regiments mit der Leiche ihres tapfern Unteroffiziers Kirchhof unter den Klängen des Trauermarsches nach dem kleinen Friedhof von Ars Laquenexy. Ein eigentümlicher Anblick, dieser Kirchhof. Seine Mauern sind ganz mit Schießscharten versehen, fast alle Leichensteine sind umgerissen und dienen als Treppenstufen um die innere Wand des Kirchhofs her. Alle Gräber sind so mit Stroh bedeckt, daß die Hügel nicht zu erkennen sind; der ganze Kirchhof ein einziges Soldatenbette. Schläfer droben, Schläfer drunten. Aber mitten auf dem Kirchhof ragt noch ein hohes, schönes Kreuz hervor, mit der Inschrift in französischer Sprache: „Ich weiß, daß mein Erlöser lebt." So klang es denn friedlich unter Begleitung der Jägerhörner über das weite Totenfeld hin: „Jesus meine Zuversicht und mein Heiland ist im Leben"; nur 10 Minuten entfernt blicken die beiden Schlösser von Aubigny und Colombey auf uns herunter, bei welchen am 14. August so viele Westfalen den Heldentod starben und ihr letztes Ruhebette gefunden haben.

Unter den verwundeten Preußen liegen auch ganz friedlich 2 verwundete Franzosen. Einer von ihnen, von der Insel Corsika, bittet mich ganz gutmütig, an seine Mutter, eine Witwe, zu schreiben. Übrigens stimmen ihre Aussagen nicht mit den Briefen, welche die Luftballons aus Metz bringen, die offenbar nicht über Not klagen dürfen. „Allerdings noch 400 Gramm Brot ($^4/_5$ Pfund) täglich, aber sonst nur Pferdefleisch, und kein Salz. Trübe Stimmung der Truppen, häufig Widerspenstige erschossen." — So die 2 Verwundeten und 2 Gefangenen, die ich sprach.

Die Jäger teilen aufs freundlichste ihr Mittagbrot mit mir. Um 4 Uhr steigen wieder die bösen weißen Wölkchen aus Fort Queuleu gegen unsere Brigade und aus Fort St. Julien gegen das 1. Corps auf. Bald heißt es: Truppenbewegung gegen Ars Laquenexy. Statt in die Kirche müssen die Jäger an die Gewehre. Auf unserem linken Flügel werden die Vorposten der 55er von einigen Kompanien Franzosen angegriffen und müssen den Verlust von 2 Toten und 7 Verwundeten beklagen. Dann die Franzosen zurückgeworfen. Gegen die Jäger, bei denen ich bis zum Abend bleibe, erfolgt kein Angriff; die französischen Kolonnen richten sich wieder gegen das 1. Corps, werden aber von Manteuffels Granaten gebührend empfangen, und schon nach 2 Stunden sieht man sie in die Festung retirieren. Die Kanonade schweigt erst mit der Nacht.

Ein Abendbesuch auf dem Schlößchen Aubigny, das von seinem alten Edelmann verlassen und von den Ostpreußen ganz in eine Festung verwandelt ist, bringt mir wehmütige Freude. Der alte treue Gärtner und seine Frau, die in den beiden ersten Tagen so treulich geholfen hatten, die Verwundeten versorgen, strecken mir beide Hände entgegen und sind außer sich vor Freude. Der Alte hat unsere preußischen Gräber in dem Schloßpark aufs schönste mit Blumen geschmückt. Die Offiziere versprechen, auch die Gräber zu Colombey in gleicher Weise aufrichten und schmücken zu lassen.

26. September.

Die Franzosen haben uns am Sonnabend und am Sonntag in Ruhe gelassen, nur dann und wann hört man den brummenden Ton ihrer großen Festungsgeschütze, aber die Geschosse fliegen nach Osten und Westen, nicht zu uns herüber. Ich konnte den Sonnabend ungestört unsern Verwundeten und Kranken und den Sonntag unsern Feldgottesdiensten widmen. Die 15er hatten sich wieder in großer Schar auf den Terrassen des Eisenbahneinschnittes unter den Akazienbüschen niedergelassen, und unter dem Bogen der Eisenbahnbrücke feierten wir das hl. Abendmahl. Die 55er hatten sich einen schönen Baumhof ausgesucht. 1. Cor. 10, 13 und Röm. 12, 12 waren unsere Texte.

Gott sei ewiglich Dank für sein Friedenswort in diesem Kriegsgetümmel!

Au cheval rouge, den 28. September.

Peltre ist ein sehr wohlhabendes lang gestrecktes Dorf in einer kleinen Schlucht links von Mercy le Haut in der Vorpostenkette gegen Metz. An seinem linken Ausgang liegt ein herrliches Schloß mit Park, Crepy mit Namen, wohl erhalten, weil eine treue alte Köchin darin geblieben; sie hat es ihrer Herrschaft bewacht, und kocht und sorgt nur für die Offiziere. Rechts erhebt sich ein stattliches Nonnenkloster, in Friedenszeiten wohl von 100 Nonnen und 400 Waisenmädchen bewohnt. Etwa 40 Nonnen haben ausgehalten, stehen mit unsern Offizieren auf bestem Fuß, kochen und waschen für sie. — Peltre liegt sehr gefährlich; ein Weinberg verhindert die freie Aussicht auf die feindliche Stellung, und auch die Vorpostenkette hat nur einen kurzen Gesichtskreis vor sich. Deshalb war seit dem Überfall am letzten Donnerstag die Besatzung verdoppelt worden. Zwei Kompanien liegen im Schloß Crepy, zwei im Kloster. Die Schloß- und Klostermauern sind zu einer kleinen Festung eingerichtet.

Auf Einladung des Majors v. W. hatte ich Montag Abend im Schloß und im Kloster mit je zwei Kompanien Abendgottesdienst gehalten. Wie war ich so glücklich über die schönen Predigtplätze. Im Kloster der schönste Saal, den ich je zur Bibelstunde mir hätte wünschen können; hinter der Treppe des Schlosses, gedeckt vor den Kugeln der Feinde, die eben erst das schöne Billard entzwei geschossen, ein runder Rasenplatz, mit dichtem Gebüsch umschlossen. Mit den Offizieren im Schlosse Crepy hatte ich nach dem Abendessen ein ernstes Gespräch über die Unsterblichkeit der Seele. Und doch ahnten wir alle nicht, wie ernst der Augenblick war, in dem wir standen. 24 Stunden später waren von der 4. Kompanie über 150 tot, verwundet oder gefangen und Schloß und Kloster leuchteten weithin durch die Nacht, in hellen Flammen; jetzt sind beide nur noch eine rauchende Brandstätte. Das ging so zu: Beim Ablösen der Feldwache auf Mercy le Haut hatten die Franzosen vorgestern Abend einem braven Ravensberger vom 15. Regiment eine tödliche Kugel gesandt, und 2 Stunden lang hatte man sich um die Leiche herum geschossen, bis unsere Leute sie bekommen konnten. Oberst Delitz schickte am andern Morgen zu mir, sie zu begraben. Unter einer schönen Eiche, zwischen Jury und Mercy le Haut, ward das Grab gegraben. Die Kompanie war angetreten, der Oberst kam selbst auch herzu, und wir wollten uns eben unter Anstimmung des Trauermarsches in Bewegung setzen — es war 9 Uhr früh — da erhebt das Fort Queuleu vor uns wieder seine laute böse Stimme. Eine Granate schlägt auf dem Schloßhof ein, eine zweite dicht neben unsern Leichenzug, und unsre Kompanie muß statt zu dem Grabe zu den Waffen eilen und sich in die Schützengräben werfen. Gleich beim ersten Kanonenschuß waren mehrere Kompanien Franzosen, wie aus der Pistole geschossen, aus den Weinbergen vorgebrochen und hatten sich von verschiedenen Seiten auf unsere Feldwache zu Mercy le Haut geworfen, welche sich nach kurzem kräftigem Widerstand, 5 Tote zurücklassend, wieder in unsere Schützengräben zurückzog. Gleichzeitig mit Mercy le Haut wird Schloß und Kloster zu Peltre mit vielen Granaten überschüttet. Ein Eisenbahnzug mit 2 gepanzerten Lokomotiven kommt aus Metz hervorgebraust bis an die französische Vorpostenkette und speit ein Jägerbataillon aus. Zwei Linienregimenter und ein zweites Jägerbataillon werfen sich in Front und Flanke auf das Kloster. Man hat, wie mir am Abend ein gefangener französischer Jäger erzählt, den hungrigen Franzosen tüchtig Essen und Trinken in den von den Preußen besetzten Dörfern versprochen, auch einen ganzen Eisenbahnzug mit leeren Wagen mitgenommen, und so den Hungrigen Mut gemacht. Die Übermacht stürzt sich zuerst auf das Schlößchen, wo der Major liegt, und da die beiden Kompanien sich von hier zurückziehen, bekommt auch die Besatzung des Klosters Weisung, in die Schützengräben hinter dem Dorf zurückzugehen, wo das 55. Regiment sie aufnimmt. Allein dieser Befehl kommt nicht für alle an. Die Klosterbesatzung weiß nichts von dem Eisenbahnzug, verteidigt sich kühn und tapfer

in seiner Front, 2 Kompanien gegen 6 Bataillone, als plötz=
lich die französischen Jäger von hinten her in den Schloßhof
einbrechen. Ein Teil schlägt sich noch durch, aber leider fehlen
am Abend 121 Mann, ohne 24 Tote und Verwundete, die
in unsern Händen bleiben. Die Franzosen fahren fort, unsre
Schützengräben mit ihrem Festungsgeschütz zu bewerfen, wagen
sich aber selbst nicht weiter vor, raffen die Reste von Lebens=
mitteln zusammen, welche unsre Soldaten zurückgelassen, und
machen sich, so eilig wie sie gekommen, wieder unter den
Schutz ihrer Mauern zurück, nachdem sie das Schloß Mercy
le Haut angezündet. Nur wenige hundert Flintenkugeln
hatten sie mit unsern Schützen gewechselt, ohne sich bis
in den gefährlichen Bereich unsrer Zündnadeln hinein zu
getrauen. Wir hatten uns diesmal auf einen ernsten Vor=
stoß gerüstet und mit den einzelnen Kompanien in ihren
Gräben an den Waldrändern ein Gebet zur Todesvorbereitung
gebetet. Sobald die Franzosen fort waren, eilten wir unsern
Verwundeten zu Hülfe, die sich nicht bis zu uns hatten
schleppen können. Im Schatten des still gewordenen Waldes
konnte ich noch von mehr als einem den letzten Abschiedsgruß
empfangen und das letzte Gebet mit ihm beten. Ich hörte herz=
ergreifende Bekenntnisse der Sterbenden. — Auch die 7. Jäger
und 13er, welche zu unsrer Rechten die Vorpostenkette inne
hatten, besuchte ich noch. Ihre Verluste waren gering.
3 Verwundete. Ein großes Gut, la Granze, und Schloß
Colombey ist von ihnen in Brand gesteckt. Um das Grab
unter der schönen Eiche, das wir heute früh gegraben, trägt
man jetzt statt der einen Leiche, 7 Leichen zusammen; 6 Fünf=
zehner und 1 Husaren, und bereitet ihnen ein weiches Bett
von Eichenlaub. Statt des Brausens der Granaten klingt
es jetzt bei untergehender Sonne in die friedliche schöne
Herbstlandschaft hinein: „Jesus meine Zuversicht und mein
Heiland ist im Leben". Tief bewegt bringt die 8. Kom=
panie, die heute am meisten geblutet, ihre Kameraden
zur letzten irdischen Ruhe. Ein schmerzlicher Anblick steht
mir noch bevor. Zwischen 6 und 7 Uhr abends sieht man
auf dem Wege von Peltre einen langen Zug weinender

und jammernder Menschen, unter ihnen die 30—40 guten Schwestern des Klosters, Männer und Frauen mit Säuglingen auf dem Arm, kleine Kinder an der Hand schleppend, einige Wagen mit Hausgerät, etliche Ziegen und brüllende Kühe — im Ganzen wohl 3—400 Personen. Es sind die sämtlichen Einwohner von Peltre. Weil das gefährliche Dorf ohne schwere Verluste an Menschenleben nicht zu halten ist, soll es auf Befehl des Oberkommandos um 7 Uhr angezündet werden. Von meinem schwachen militärischen Verstande aus schien noch ein anderer Ausweg möglich. Die weinenden Nonnen bitten um meine Fürsprache. Oberst v. Barby, den ich in Peltre treffe, möchte auch gar zu gern seinem Herzen nachgeben und das schöne Dorf retten. So schnell mein müdes Pferd laufen kann, reite ich nach dem Hauptquartier und wirke wenigstens einen Aufschub aus, mit dem ein Husar weggejagt — zu spät — schon $^1/_4$ Stunde später kommt die Meldung: „Peltre an 10 Stellen zugleich angesteckt." Und alsbald steigt die rote Glut furchtbar prächtig zum Himmel auf, das Kloster und das Schloß mit der höchsten Flammensäule, dazwischen die Häuser der Dorfbewohner.

S'ist Krieg, s'ist Krieg, o Gottes Engel wehre,
Und rede Du darein,
S'ist leider Krieg, und ich begehre,
Nicht Schuld daran zu sein.

Dies Wort des alten Mathias Claudius ist mir bei dem Schmerzensbilde des gestrigen Tages wieder recht lebendig geworden. Gott schenke bald ein Ende des Jammers.

Den 29. September.

Von den Verwundeten, die noch nicht hatten weggeschafft werden können, sind in der Nacht zwei hinübergeschlummert. Mit den Überlebenden halte ich neben den zugedeckten Leichen eine Morgenandacht in den Krankenzimmern. Zweimal feierliche Leichengottesdienste, in Frentigny für die 15er, in Chesny für die 55er. Hier werden acht Franzosenleichen in ein breites Grab gelegt. Noch einmal umringen mich arme Flüchtlinge aus Peltre und fragen, ob sie noch weiter flüchten müssen. Da ist ein Säugling, dessen Mutter vor Schreck starb, als zwei Tage nach der Geburt des Kindchens eine französische Bombe in ihre Stube einschlug. Die Flüchtlinge rühmen, wie freundlich die preußischen Soldaten ihren Kinderchen zu essen geben.

Den 30. September.

„Unsre Zeit in Unruhe, unsre Hoffnung in Gott." Das ist jetzt die beste tägliche Losung für unsere Brigade. Der Feind kann ruhen, wenn er Lust hat, er weiß, daß er nicht von uns angegriffen werden kann unter seinen gewaltigen Forts; wir müssen bei Tag und Nacht auf einen Vorstoß gefaßt sein, den die Franzosen bei ihrer gewohnten Schnelligkeit mit sehr überlegenen Kräften auf irgend einen schwachen Punkt des weiten Kreises ausführen können.

Gestern Mittag um 1 Uhr hieß es abermals von unsrem Beobachtungsposten auf Mercy le Haut: „Französische Bataillone im schnellen Anmarsch auf Peltre", und sofort ging es wieder auf der ganzen $3/4$ Stunden langen Front, die unsre Avantgarde zu verteidigen hat, in die Schützengräben; die beiden Batterien rasseln in ihre Stellungen auf die Höhen. Französische Reiter sprengen in Peltre hinein mit losen Handpferden, um aus den halbniedergebrannten Häusern noch etwas Butter zu holen. Unsre hineingesandte starke Patrouille treibt sie mit ein paar Dutzend Flintenschüssen davon, wobei ein Reiter vom Pferde sinkt. Noch stärkere französische Züge steigen ihrerseits nach Peltre hinunter und jagen unsere Plänkler wieder heraus, welche zur nicht geringen Belustigung unsrer Leute ein noch zurückgebliebenes Schweinchen vor sich hertreiben und ihm, trotz der sie umsausenden Franzosenkugeln, den Rückzug nach Metz nicht gestatten. So geht es bis zur sinkenden Sonne in ziemlich harmlosen Kämpfen, ohne Verletzung der Unsrigen, hin und her, bis dann die Nachtquartiere wieder aufgesucht werden.

Zwischen den Gefechten fliegt die Eisenbahnbrücke bei Jury in die Luft, von den Unsrigen gesprengt.

Kaum zur Ruhe, auf's neue eine nächtliche Meldung: „Der Feind schlägt Brücken über die Mosel". „Starke Konzentration auf unsrem Ufer". „Man erwartet einen gemeinsamen Durchbruch auf unsrer Seite". Vor Tagesanbruch beginnt Fort St. Quentin seine gewaltige Stimme zu erheben; ganze Lagen von Schüssen werden abgegeben, und unverdrossen eilen unsere Kompagnien auf's neue in die Gräben und Verstecke, auf die Höhen und Waldsäume. Es war für mich ein lieber Morgen. An dem Grabe unter der hohen Eiche, das wir vorgestern gegraben, hinter dem Holz von Mercy le Haut, lagen 2 Kompagnien, die gern bei aufgehender Sonne eine Morgenandacht haben wollen: Ein Psalm, ein Gebet, ein Friedensgruß — so halte ich's überall in den schönen Waldverstecken, wo die Unsrigen des Feindes harren. Er bleibt zum Glück aus, und statt des Pulverdampfes sieht man bald die Frühstücksfeuer, an denen die Morgensuppe gekocht wird. Um Mittag sind wir wieder in unserem Quartier.

In Mecleuve treffe ich beim Besuch unserer schwer Kranken und Verwundeten auf einen großen Fuhrpark armer Fuhrleute, 128 Wagen, die hier rasten, meist Berliner Droschkenkutscher. Sie sind zum Teil jämmerlich in Nässe, Schmutz und Kälte verkommen. Sie umringen mich und bitten für den andern Morgen ganz früh vor ihrer Ausfahrt um einen Gottesdienst, den ich gern verspreche. — Ein lieber Unteroffizier, keine Heimkehr mehr hoffend, bittet noch um das hl. Abendmahl. Und so schließt der unruhige Tag friedlich und freundlich.

Den 1. Oktober.

Die letzte Woche hat unser General ganz schlaflos zugebracht. „Ich wünsche sehr, sagte er, als er uns um 8 Uhr Gutenacht wünschte, daß uns der Franzose diese Nacht mal schlafen läßt". $1/4$ vor 12 kommt ein Husar angesprengt

mit der Nachricht: „Die Feldwache von den Franzosen über=
fallen und gefangen. Der Wald zur Linken schon ganz mit
Franzosen angefüllt!" Die Alarmsignale tönen durch die
ganze Brigade. Im Sturm alles zu den Waffen; im Lauf=
schritt stürzen die Kompanien durch die dunkle Nacht in die
Schützengräben. Wo bleibt der Feind? kein Schuß fällt,
nur preußische Signalhörner tönen. — Jetzt ein anderer
Husar: „Es ist blinder Lärm, kein Feind vorhanden". Ein
braver 55er, der sich den Tag über mit den Patrouillen
herumgeschlagen, liegt im Walde bei Peltre auf Feldwache,
träumt, daß die Franzosen da sind, springt in die Höhe,
schreit fürchterlich, packt sich mit seinem Nachbar, den er für
einen Franzosen hält; dieser schreit auch, etliche andere schreien
noch lauter, schießen und rennen atemlos rückwärts und
melden, sie seien überfallen. Einer ohne Mütze wird vor
den General gebracht, behauptet steif und fest, die Franzosen
seien dagewesen und hätten sie schon gefaßt. Der General
lacht und will die Leute nicht zu streng bestraft haben; die lange
Schlaflosigkeit und Nerven=Erregtheit entschuldigen solche
Träume. Um 1 Uhr liegt alles wieder in tiefster Stille. Am
andern Morgen empfängt uns die freudige Nachricht, daß
unsere Brigade vom Vorpostendienst abgelöst werden und in
die Stellung des 1. Corps einrücken soll.

Ich kann noch um 7 Uhr früh den Berliner Droschken=
kutschern den versprochenen Morgengottesdienst halten und
den lieben Sterbenden in Mecleuve Lebewohl sagen, dann
geht es vorwärts in unser neues Quartier.

Mont, den 3. Oktober.

Beim Abzug unserer Brigade aus unserer Vorposten=
stellung bei Chesny und Jury verabschiedete uns die Feste
St. Quentin wie sie uns beim Ankommen begrüßt hatte,
mit ein paar Dutzend ihrer schweren, platzenden Bomben.
Eine schlägt mitten in das Schlößchen von Jury, wo unser
Oberst Delitz 3 Wochen lang einquartiert war, und wo ich
so manche traute Stunde zugebracht. Bald steht das ganze

Gehöft in hellen Flammen. Es war gottlob leer. Schon Tags zuvor hatte man alle Einwohner Jurys ihr Bündelchen schnüren und sie mit Vieh und Habe ziehen heißen, damit Jury nicht ein gleiches Schicksal treffe wie Peltre. Nun schießen es die Franzosen doch in Brand.

Auf dem Wege hierher die Lazarette zu Cotigny und Manzery besucht; es liegen hier die letzten Übrigen aus der Schlacht vom 14. August. Schmerzlich freudiges Wiedersehen mit manchem lieben Bekannten. Die beiden Lazarettgeistlichen übernehmen freundlich die Sonntagsgottesdienste bei den um beide Ortschaften lagernden 55ern. — Mont ist ein kleines Dörfchen hoch über dem Thal der französischen Nied freundlich gelegen. In dem kleinen verwilderten Weinbergsschlößchen finde ich meinen General wieder. Wir richten uns nach Möglichkeit ein, und alles legt sich mit dem beruhigenden Gefühle nieder, diesmal nicht von den Franzosen aus dem Schlafe geweckt zu werden und außerhalb des Bereiches ihrer Granaten zu sein. Wir liegen in der Arrière-Garde. -— Man erwartet einen Durchbruch Bazaines gegen Thionville und hat deshalb die Stellung hier doppelt so stark gemacht.

Am Sonntag früh stiegen die 7. Jäger und das zweite Bataillon 15er aus den Weinbergen an die schattige Wiese des Schlößchens, und weithin schallt es zur Einleitung unseres Morgengottesdienstes durch das schöne stille Thal: „Wie schön leuchtet der Morgenstern". Das erste Bataillon hat im unvergleichlich schönen Park des Marquis von Pange bivouakiert, und als die Sonne sinkt, halten wir mitten im Park unsern Abendgottesdienst; beidemale ist es wieder eine große Schar stiller Gäste, die sich zum Abendmahl melden.

Mont, den 4. Oktober.

Pange, $^1/_4$ Stunde von dem hohen Weinbergschlößchen Mont im Thale gelegen, ist ein sehr wohlhabendes kleines Dorf mit prächtigem Schloß. Es gehört dem Marquis von Pange, Schwiegersohn des Grafen von Lübeau, Marschall von

Frankreich, dessen Bild sich mannigfach in Öl und Marmor in den Prachtzimmern des Schlosses findet. Wunderschöne Familienbilder zeigen, daß hier seit 300 Jahren ein edles Geschlecht gewohnt. Der Park dehnt sich ¼ Stunde lang an den schönen Ufern des Flusses aus, welcher das Schloß umspült. — Die Familie hatte bei ihrer Flucht alles zurück= gelassen, selbst den prachtvollen Brautschmuck der Tochter, die eben Hochzeit halten sollte. — Als unsere Avantgarde am 13. August früh in Pange einzog, ritt ich in den Park und fand vor der Schloßthür die alte Haushälterin und einige Dienerschaft, welche mich im Namen des Marquis bat, daß doch das Schloß geschont und wo möglich von einem hohen Offizier bezogen werden möchte. Ich ritt damals zum General Zimmermann, der dort Quartier nahm, und so hatte ich jetzt die Freude, das schöne Schloß nach 2 Monaten ganz unversehrt wiederzufinden. Auch hat es die Ehre gehabt, seit dem 14. August eine große Zahl preußischer Ver= wundeter in seinen luftigen Räumen beherbergen zu dürfen. Jetzt waren nur noch 3 Offiziere übrig, alle anderen waren soeben in die Heimat befördert, da Prinz Friedrich Karl das Schloß beziehen will.

Es war mir ein lieber Tag, der Montag in den Lazaretten von Pange, wo ich noch 25 bis 30 alte Be= kannte von den Tagen des 14. August und 27. September wiederfand.

Mont, den 5. Oktober.

Der gestrige Tag war für unsere Brigade ein Tag freudiger Begrüßung. Unsre in den Vorpostengefechten vom 22. bis 27. verwundeten und unverwundeten Gefangenen kehrten aus Metz zurück. Es waren zwei vom 7. Jäger= bataillon, zwei vom 15. Regiment und 119 vom 55. Re= giment. Da gab es denn gar viel zu fragen und zu er= zählen. Von den französischen Offizieren und Soldaten sind unsere Gefangenen sehr gut behandelt worden, nur die Weiber auf den Gassen von Metz und der Pöbel hatten ein wider= liches Triumphgeschrei und Wutgeheul erhoben, als sie hin=

durchgefahren wurden. Sie haben sehr übelriechende Pferde= fleischbrühe, 1 Pfund Brot und 3 Sous Sold pro Tag bekommen, ganz wie die französischen Soldaten, aber kein Salz. Das Pfund Salz kostet 16 Franken in Metz.

Der unverwundete gefangene Offizier ist zuerst vor den Divisionsgeneral geführt worden, der den Überfall am 27. ge= leitet hat. Dieser hat es erst nicht glauben wollen, daß nur eine Kompanie und ein Bataillon in Peltre gestanden haben. Die Franzosen sind mit 4 Regimentern Infanterie und zwei Jägerbataillonen auf das Dorf losgekommen und haben den fünffachen Verlust gehabt wie die Unsrigen, obwohl sie 12 Kanonen und 1 Mitrailleuse $1/2$ Stunde lang ins Gefecht geführt, während unsere Artillerie keinen Schuß hat thun können. Die halbe Kompanie im Kloster, welche durch Mißver= ständnis den Befehl zum Abzuge nicht erhielt, hat sich erst ergeben, nachdem sie von allen Seiten umringt, die letzten Patronen verschossen hatte.*) Jeder Vorwurf fällt deshalb von den Leuten fort. Lieutenant E., der verwundet nach Metz geschleppt wurde, ist dort amputiert worden. Lieutenant Sch., der, mit einem Schuß durch die Brust, ebenfalls ge= fangen mitgenommen wurde, ist am andern Morgen gestorben. Der evangelische Pastor Haas aus Straßburg hat sich des Sterbenden treulichst angenommen; er ist anderen Tags mit allen militärischen Ehren unter Begleitung vieler französischer Offiziere begraben worden. Pastor Haas soll an seinem Grabe sehr schön gesprochen und gebetet haben. Die Ge= fangenen können nicht genug rühmen, wie sorgfältig die ver= wundeten Preußen behandelt seien. Einer der Jäger, ein Post=Expedient seinem heimatlichen Beruf nach, ist vor Leboef und Bazaine geführt worden: Bazaine hat sich nicht genug über die geographischen Kenntnisse des Jägers wundern können. Das Verlangen nach Frieden ist groß gewesen in der verschlossenen Stadt.

---

*) Daß die Franzosen uns 40 Ochsen weggetrieben, wie die Kreuzzeitung meldet, ist eine Fabel. Sie haben nur ein paar Kühe mitgenommen, die wir aus Gutmütigkeit den Dorfbewohnern gelassen.

Mit den lieben Lazarettgeistlichen von Catigny und Marigny einige traute Stunden verbracht. Sie haben viele Freude an unseren verwundeten und heimgegangenen Westfalen gehabt.

Mont, den 8. Oktober.

Am Mittwoch Abend hatte sich das Füselierbataillon des 55. Regiments, welches 8 Tage zuvor die schmerzlichen Verluste zu Peltre erlitten hatte, an dem schönen Walde zu Langemont zusammengefunden. Die 120 unschuldig Gefangenen waren wieder unter ihnen. Psalm 107 gab uns Verständnis und Trost für die Prüfung, die Gott dem Bataillon gesandt. Nicht ohne Kummer gedachten wir der schwer Verwundeten, die in der Gefangenschaft zu Metz zurückgeblieben waren, darunter der Lieutenant E. Nach anderer Aussage sollen die Verwundeten nach Ars sur Moselle geschafft worden sein. Zwei Herren aus Detmold, Postmeister E. und Kammerrat R., die Liebesgaben gebracht, ersterer ein Onkel des verwundeten Offiziers, wollten nach Ars und ins Hauptquartier, um zu sehen, was für die Verwundeten zu thun sei; ich folgte gern der Aufforderung unseres Obersten von Barby, die Herren nach Ars zu begleiten. In Ars, 7 Stunden von hier, befinden sich die verwundeten 55er nicht, wohl aber noch ein kleiner Rest alter Bekannter vom 18. August her, die fünf letzten von 200 unserer Brigade, sie sind meist amputiert. Die Freude und der Dank der lieben Schmerzensleute war groß und meine Freude auch.

Ars ist nicht mehr so heimlich als vor 4 Wochen. Fort St. Quentin hat eine gewaltige Kanone aufgestellt, mit welcher es den Bahnhof beschießt, der unmittelbar hinter der Stadt liegt. Allein nicht alle Schüsse erreichen ihr Ziel. Ich finde 3 arme Leute im Lazarett, die in ihrem Lazarett verwundet waren, ein Typhuskranker mit einem Granatsplitter im Kopf, ein Ruhrkranker mit abgeschossenem Bein; seinem Bruder, der auch ruhrkrank neben ihm lag, wurde durch eine Bombe der Kopf weggerissen.

Eben hatte ich mich bei Herrn Johanniterritter von M.
eingefunden, der mir mit großer Freundlichkeit ein Ruheplätzchen
bei sich bereitet hatte, als sich das unheimliche Sausen der
84pfündigen Bombe hören ließ, die diesmal über die Stadt
hinweg ihren Weg nahm. In der Vorstadt haben 4 Offi=
ziere beim Mittagessen gesessen, da ist eine Bombe gekommen,
hat mitten durch den schönen Tisch geschlagen und ist erst
unten im Keller geplatzt. Die Tischgesellschaft flog betäubt
auf die Erde, aber keiner wurde verletzt.

Graf Kanitz, Adjutant des Prinzen Friedrich Karl, hatte
zugesagt, bei nächster Gelegenheit Erkundigungen über die
Verwundeten und ihren Zustand einzuziehen, und um das
Ergebnis abzuwarten, blieben wir bis zum folgenden Nach=
mittag. Wir benutzten die Zeit, um nach Gravelotte zu
reiten, wo meine Gefährten sich nach dem Grabe eines nahen
Verwandten erkundigten und ich meine 4 Ducherower Brüder
besuchte. Sie stehen dort in sehr entsagender Thätigkeit
unter den letzten schwer Verwundeten und Typhuskranken
dieses in besonderer Weise ungesunden Ortes. Der Leichen=
geruch lagert noch schwer auf dem weiten grausigen Schlacht=
felde. Einige verwundete Offiziere und Soldaten waren
eben eingebracht worden.

Am Nachmittage fand ein heftiger Ausfall gegen Thion=
ville zu statt, und so war leider keine Auskunft über unsere
Schwerverwundeten von Metz zu erlangen.

Bei den Lazarettgeistlichen von Gravelotte, Ars, Corny
und Jouy, die uns bei unserm weiten Ritt aufs herzlichste
aufnahmen und erquickten, wurden uns gar liebe Ausruhe=
stunden geschenkt. Die Brüder haben zum Teil sehr heiße
und schwere Arbeit. In Corny=Noviant wurden täglich
6—8 Leichen auf den Gottesacker getragen. — Um 10 Uhr
abends beim schönsten Mondschein wieder glücklich in unserm
Standquartier eingetroffen.

Mont, den 10. Oktober.

Die schönen Tage auf dem hohen Weinbergschlößchen zu
Mont, wo die herrlichsten Weintrauben eine nicht zu

verachtende Erquickung boten, sind vorüber. — Unsere Brigade rückt wieder vorwärts auf Vorposten, genau auf das alte Schlachtfeld vom 14. August. Nach dem zwiefachen Alarm am Freitag und Sonnabend, welcher jedes Mal aus Anlaß des Ausfalls der Franzosen gegen die Division Kummer unsern Regimentern einen halben Ruhetag raubte und sie zu einem mehrstündigen Marsch zwang, ward uns gottlob am gestrigen Sonntag Ruhe geschenkt, wiewohl von früh bis in die Nacht die Metzer Forts ununterbrochen ihre gewaltigen Stimmen hören ließen.

Noch höher wie Mont, auf der höchsten Stelle des Berges, steht ein steinerner Obelisk, von dem aus man einen weiten Blick auf die Festungswerke von Metz hat — dahinter ein Tannenwäldchen, das Schutz gegen den Wind bietet. An dieser schönen Stelle hatte unser General den Morgengottes= dienst bestimmt, zu welchem die Jägerhörner die Choral= begleitung abgaben. Zum Nachmittagsgottesdienst, wo der Regen in Strömen floß, öffnete sich uns die schöne katholische Kirche zu Pange, die geräumig genug war, um ein ganzes Bataillon aufzunehmen, und die Altarkerzen leuchteten bei hereinbrechender Nacht zu unserer Abendmahlsfeier. „Gebuld, Gebuld ist Euch not", das ist jetzt das Thema, das in mancherlei Variationen aus dem Worte Gottes herausgesucht werden muß.

Die schon längeren Abende werden am traulichen Kamin= feuer unter mahnenden Gesprächen zugebracht. Unser General brachte das Gespräch auf das 18. und 19. Kapitel der Offenbarung Johannes mit der nahe liegenden Deutung auf Paris und die über diese große Stadt hereinbrechenden Gerichte.

Mit dem Schlafengehen kam der Befehl zum Ausrücken auf heute und zugleich die Nachricht, daß unser General von der Goltz an Stelle des erkrankten General v. Kamecke die 14. Division zu übernehmen habe. Oberst von Barby wird unser Brigadekommandeur.

Mont, den, 12. Oktober.

Villers Laquenexy ist ein ziemlich umfangreiches uraltes Ritterschloß, dessen Thorweg, Wallgräben, Türme und Mauern auf den Anfang des Mittelalters zurückweisen. Es ist aber in überaus traurig zerfallenem Zustande, und seine ganze Einwohnerschaft, die wir bei unserem Einzug vorfinden, besteht in einem armen, hochbekümmerten Weibe, der Frau des Pächters, die in den Resten des Schlosses sich eingerichtet hat. Ihr Mann ist seit zwei Monaten mit den Franzosen fort, ihre beiden Kinderchen auch, sie weiß n i c h t s von Allen. Siebenzehn Kühe sind aus dem Stall geholt, elf Pferde auch, und nur einige Füllen sind übrig geblieben. Alles Hausgerät ist ebenfalls längst in die Bivouaks geholt. Wir richten uns in dem sehr großen Zimmer, dem Rest des alten Rittersaales, bei dem Feuer des mächtigen Kamins so gut es geht häuslich ein, um unsern Obersten zu empfangen, und dann machen wir uns, mein katholischer Kollege und ich, an das Aufräumen der Kirche, die ebenfalls von ihrem Pfarrer im Stich gelassen ist. Sie ist im Umbau und teilweise im Neubau begriffen, nur das schöne Chor ist fertig, sonst liegt alles in Staub und Trümmern. Mit Hilfe einer Anzahl Soldaten ist sie in einigen Stunden gesäubert und zum Gottesdienst fertig. Ich hatte die Freude, sie gestern Abend von dem Füsilierbataillon des 15. Regiments bis auf das letzte Winkelchen gefüllt zu sehen. Im stillen, schönen Chore, mit prächtigen Glasfenstern ver= ziert, (das Schiff der Kirche ist noch ohne Glasfenster), sammelt sich wieder eine große Schar Abendmahlsgäste. Einige Soldaten stehen bekümmert von fern an der Thür. Auf meine Frage, ob sie nicht eintreten wollen, sagen sie be= scheiden: Wir sind schon einmal zum heiligen Abendmahl gewesen früher, dürfen wir wohl schon wieder kommen? Wie gut in dieser schweren Zeit, daß man immer wieder kommen darf zu dem, der die Hungrigen und Durstigen selig preist, und die Mühseligen und Beladenen erquicken will.

Den 13. Oktober.

Der gestrige Tag brachte wieder eine größere Aufregung in unsere Brigade. Es sollte dem Feinde auf sein beständiges Schießen aus seinen sicheren Forts in unsere Vorpostenkette einmal ein Gegengruß gesandt werden in seine Lagerstätten hinein. Einige schwere Batterien wurden in die Linie der Schützengräben vorgeschoben; zur Bedeckung mußte die Division mit hinaus und unsere Gräben besetzen, damit der Feind sich nicht ein Gelüste auf unsere Kanonen ankommen lassen möchte. — Punkt 11 Uhr begannen unsere Zwölf= pfünder ihr Feuer und sandten in kurzen regelmäßigen Pausen 100 unserer Grüße hinüber. In zehn Minuten waren sie fertig, und jetzt erst regte sich Fort St. Julien, um aus seinen gewaltigen Geschützen Antwort zu geben, aber nur mit wenigen Schüssen, denn unsere Batterien machten sich schnell aus dem Staube. — Im französischen Lager aber wurde es nun überlaut. Trommel und Pfeife erklang und trieb alles ins Gewehr, und nun fing Fort Queuleu, das uns viel näher liegt, seine kräftige Musik an und konnte sich gar nicht wieder beruhigen, auch als längst unsere Division ruhig wieder in ihre Quartiere eingerückt war. Bis zum anderen Morgen dauerte der Zorn des gereizten Forts; allein seine Granaten pflasterten nur die leeren aufgeweichten Aecker und thaten keinen Schaden. — Es ist wohl ein Mittel, die Ungeduld der eingeschlossenen hungernden Armee. ein wenig zu stillen und das Salz zu ersetzen, wenn die Forts ihre Stimmen erheben.

Heute war es den Tag über ruhig.

Villers Laquenexy, den 17. Oktober.

„Meine Seele wartet auf den Herrn, von einer Morgen= wache bis zur andern," so heißt es wohl jetzt bei vielen Tausenden, denen das Warten bange macht — bei den Kriegern im Felde, bei ihren Angehörigen daheim und viel= leicht am meisten bei den armen Einwohnern der belagerten

Städte, in denen wohl schon Tausende armer Kinder ihre Eltern vergebens um Brot bitten. In dem sonst blühenden Dörfchen, wo wir jetzt liegen, sind nur 7 Frauen und 2 alte Männer zurückgeblieben, außerdem ein Kindchen von $^3/_4$ Jahren und ihr älteres Schwesterchen. Zwei der Frauen sind schon an der Ruhr gestorben, die eine lebte noch als wir kamen; ich ward zu ihr gerufen, sie bat flehentlich, ihr doch ihre Kinder aus Metz holen zu lassen, damit sie sie noch einmal sehen könnte; aber es konnte ja nicht sein. Unsere Soldaten mußten die Leiche in die Kirche und ins Grab tragen, die beiden alten Männer konnten es nicht. — Wie verlangen diese armen Bewohner der wohl 80 verwüsteten Dörfer um Metz, die fast durchgehends ihre nächsten Angehörigen in der verschlossenen Stadt haben, nach der Friedensstunde! Unsere arme Wirtin, die einsame, ihres Mannes und ihrer Kinder beraubte, kam eben und fragte unter Freudenthränen, ob es wahr sei, daß der Friede nahe. Es scheint ja wirklich, als ob die letzten Tage von Metz gekommen seien. Wir wurden heute in aller Frühe damit geweckt, der Prinz Friedrich Karl habe besondere Wachsamkeit befohlen, weil vor der Uebergabe ein letzter Versuch zum Ausbruch wahrscheinlich sei — wenn nicht von allen, so doch von denjenigen Truppenführern in Metz, die sich nicht mit den andern zugleich übergeben wollten. Gefangene haben auch von einem Tumult und Aufruhr der Mobilgarde in Metz gegen Bazaine gemeldet. Die Ueberläufer mehren sich am linken Ufer; sie kommen in Trupps von 20—30. Ein französischer General soll aus Metz zum König gereist und heute Abend in Corny bei Prinz Friedrich Karl angekommen sein. Sollte der 18. Oktober uns die Uebergabe der Stadt Metz bringen?

Inzwischen wird hie und da noch ein Opfer gefordert. Gestern früh um 2 Uhr in der Nacht fielen wieder zwei Bataillone über unsere Feldwache hinter Schloß Colombey her, und bis zum Morgengrauen schoß man sich im Walde herum. Ein 55er tot, drei verwundet. An der Gartenmauer zu Aubigny, neben den andern schönen Gräbern haben wir heute den Gefallenen gebettet; er war katholisch. Mein katholischer Kollege hielt eine recht kräftige, wohlthuende Grabrede. Möchte es das letzte Grab sein, an dem wir hier stehen müssen.

Pange, den 20. Oktober.

Unsere Division kehrt heute von ihrem zehntägigen nassen Vorpostendienst zurück, ohne noch einmal ernstlich vom Feinde belästigt zu sein. Alles hofft, daß es unser letzter Dienst vorn gewesen, und daß in den nächsten zehn Tagen, in denen wir in zweiter Linie bleiben sollen, Metz fallen wird. Zwar ist ja der erste Adjutant Bazaine's leider unverrichteter Sache zurückgekehrt, allein es soll schon wieder einer fort sein. Fünfmal hat schon die weiße Fahne auf der hohen Kathedrale von Metz geweht, einmal fünf Minuten lang; jedes Mal wurde sie wieder heruntergerissen, und die Forts thaten dann allemal ihren lauten Mund auf, um die weiße Farbe Lügen zu strafen. Mehrere Offiziere versichern, daß einige Schüsse vom Fort St. Quentin auf die Stadt selbst gerichtet seien — das sind doch kräftige Zeichen, daß das Ende nahe. Hier in Pange ist unserem Brigadestab in dem schönen Schlosse, das wir mit den Aerzten und einigen kranken Offizieren teilen, das Los aufs Lieblichste gefallen.

Pange, den 25. Oktober.

„Wenn ihr stille bliebet, so würde euch geholfen, durch Stillesein und Hoffen werdet ihr stark sein." In diesem Mahnruf läßt sich am besten unsere tägliche Arbeit in dieser schweren Zeit zusammenfassen; ja, eine schwere Wartezeit für uns in mehr als einer Beziehung, und doch gewiß eine sehr gnädige und gesegnete, wenn man sie im Lichte der Ewigkeit betrachtet.

Als unsere Truppen vor zehn Wochen siegreich in Frankreich vordrangen, in dies reiche, üppige, lachende Frankreich, war mir wohl bange, daß auf die schmerzlichen, blutigen Siege noch viel schmerzlichere unblutige Niederlagen folgen würden. Wie schrecklich, wenn nach den Siegen von Sedan sich sofort die Thore von Paris und den andern Hauptstädten Frankreichs geöffnet hätten und unsere siegreichen Krieger nach den schweren Strapazen und Kämpfen sofort in die Versuchungen und Sünden dieses üppigen Landes verstrickt wären. Wo wären dann die Früchte der Siege geblieben? Frankreichs Verstockung, mit welcher es sein Gericht schärft, ist zugleich ein gnädiges Verschonen unseres Gottes im Blick auf unser Volk. Statt in die freche Ueppigkeit hineinzulaufen, müssen unsere Soldaten in menschenleeren, gänzlich verarmten Dörfern ihr kümmerliches Obdach gegen Sturm, Nässe und Unwetter suchen und in großer Gedulb und Selbstverleugnung unter vielen Strapazen und täglichen Todesgefahren des Herrn harren lernen. Bei ihrem notbürftigen Stücklein täglichen Brotes, was ihnen hier in der Wüste zuteil wird, ist bei vielen auch das Verlangen erwacht und immer neu geworden nach dem Brot, das vom Himmel kommt, nach Gottes Wort. Anfechtung lehrt ja aufs Wort merken.

Und wenn nun die verschlossene Stadt ihre Thore öffnen wird, dann wird sie eine Stätte des Jammers und des Todes sein, in der die Stimmen der Lust und der Verführung verstummt sind, weil nur Hunger und Kummer darin wohnt. So ist es ja in Metz schon längst; allein jeder Tag, an dem Metz sich noch hält, verlängert auch die Wartezeit von Paris, und dort ist es wohl noch zu früh für unsere Truppen Einzug zu halten. Das Maß seines Elends ist noch nicht voll. Darum ist jeder Tag des schweren Wartens auch ein Tag der Gnade und des Heils für unsere deutschen Truppen, denen Gott besseren Lohn gönnt als Frankreichs zeitliche Schätze und Freuden. Aber auch mit Frankreich hat Gott gewiß Gnadengedanken. Womit jemand sündigt, damit wird er gestraft. Seine Eitelkeit treibt es, in seinen eigenen Eingeweiden zu wühlen und die Götzen des Fleischesdienstes selbst umzustoßen.

Das Verstockungsgericht wird aber auch für die Klugen im Lande, die darauf achten, ein gerechtes Gericht werden. Wir sollen nicht stolz sein, sondern uns fürchten. Gott kann Frankreich auch noch Buße schenken.

Den 26. Oktober.

Jeder Tag wird als der letzte von Metz angesehen — schon so lange. Die beständige Täuschung macht, daß man schließlich kaum ein Ende hofft. Montag spät abends kam der Befehl von Prinz Friedrich Karl, daß die ganze Armee mit Tagesanbruch gefechtsbereit stehen solle. Mitten in der Nacht wurde der Befehl abbestellt. Diese letzte Nacht kam er aufs Neue. In tiefster Dunkelheit brachen die Truppen bei grundlosen Wegen auf, und da haben wir nun gestanden bei Sturm und Regen, zum Teil bis an die Knie im Morast bis zum Mittag. Dann gings wieder heim. Ueber Metz und seinen Forts lagen schneeweiße Nebeldecken. Als der Sturm sie endlich wegtrieb, hofften wir die weiße Fahne zu sehen. Sie erschien nicht. Also weiter geharrt.

Metz, den 29. Oktober.

Heute Nachmittag 3 Uhr mit General v. d. Goltz in Metz eingezogen. Gott allein die Ehre! „Dies ist ein Tag, den der Herr gemacht hat und ist ein Wunder vor unseren Augen."

Die Wartezeit für unsere Truppen war in der letzten Zeit noch eine recht schwere. Erst am 27., nachts 12 Uhr, brachte unser General, aus dem Hauptquartier zurückkehrend, die sichere Nachricht der Kapitulation. Als wir am 28. eben am Aufbrechen waren — die Regimenter marschierten schon — kam abermals Befehl vom Prinzen Friedrich Karl: „24 Stunden warten." Alles wurde uns wieder zweifelhaft. Doch war der Aufschub auf Bitten der französischen Generale geschehen. Die französischen Truppen hatten nach der ersten Bestimmung mit Waffen und Fahnen und klingendem Spiel bei unseren Generälen vorbeidefilieren sollen, allein Bazaine war seiner Truppen nicht mehr sicher gewesen, und so hatte man es vorgezogen, sie in die Stadt rücken und dort ihre Waffen niederlegen zu lassen. Dies hatte den Aufschub bewirkt.

Erst heute Morgen um 10 Uhr schlug die ersehnte Stunde des Aufbruchs. Der Brigade Goltz, welche am 13. August zuerst vor Metz erschienen war und am 14. jene Schlacht begonnen, die alle diese wunderbaren Erfolge nach sich zog, sollte auch das Vorrecht zuteil werden, als die erste in die bisher unbezwungene Festung einzuziehen. Wir zogen dieselbe Straße, die wir vor 70 Tagen gezogen waren, voran auch heute wie damals das Füsilierbataillon des 15. Regiments. Noch einmal ziehen die Bilder jener entscheidungsvollen Stunde mit all ihren Erinnerungen an unseren Augen vorüber. Hier das einsame Landhaus auf der Höhe von Lacquenexy, wo unser General am 13. August sein Quartier nahm; dort der Baum, unter dem er am 14. den Befehl zum Angriff gab. Wie wunderbar sind Gottes Wege, wie unbegreiflich seine Gerichte. Wie so gar nicht liegt auch dieser große Erfolg an unserem Rennen und Laufen, nicht an menschlicher Weisheit und Macht, sondern allein an Gottes Erbarmen. Das wurde mir wieder lebendig, als ich zum ersten Male nach dem 14. August an dieser denkwürdigen Stelle vorüberkam. Hier unter diesem Baum saß General v. d. Goltz am 14. nachmittags, und dachte so wenig an die Schlacht, daß er mir erlaubt hatte, um 4 Uhr Gottesdienst zu halten. Da kommt die Meldung des Obersten Delitz, daß die Franzosen aufbrechen und als Antwort der kurze entschlossene Befehl unseres Generals zum Vorgehen seiner Brigade. Bazaine begeht die Thorheit und läßt sich halten, wirft drei Armeecorps aus der Festung rückwärts. Es kostet der einsame Kampf unserer Brigade schwere Opfer und unserm General schwere Vorwürfe von manchen hochgestellten Offizieren, weil im ersten Augenblick die Opfer nutzlos schienen, die dieser blutige Abend gebracht. Allein, ohne die Schlacht am 14., welche Bazaine fast zwei Tage aufhielt, wäre der 16. nicht gefolgt, ohne den 16. nicht der 18., ohne den 18. nicht Sedan und nicht dieser so denkwürdige Tag, der Metz und seine furchtbare Armee in unsere Hände lieferte. General Manteuffel hat merkwürdig richtig prophezeit, als er mir am 16. abends an General Goltz die Bestellung mitgab: „Sagen Sie Ihrem

General, die Kriegsgeschichte werde bald die ganze Wichtigkeit seines Angriffs vom 14. ans Licht stellen und ausweisen, daß er in jeder Beziehung richtig gehandelt habe." Heute konnten wir uns erst ganz des 14. August freuen und seine Opfer nicht zu teuer finden.

Noch zu einem einsamen Abstecher trieb mich die Erinnerung jener Tage — zu dem Waldessaum rechts. Ich fand zwischen den Eichen die kleine Lichtung und das einfache Kreuz von Eichenzweigen, an dessen Fuße wir am 13. abends die beiden Erstlinge gebettet, die vor Metz ihr Leben gelassen: zwei Füsiliere des 15. Regiments. Wie viele sind diesen Erstlingen gefolgt. Auch sie sind nicht umsonst gefallen, wie wir damals meinten. Grade ihr Tod trieb den Obersten v. Delitz zu der sorgfältigen Recognoscierung, welche den Abzug der Franzosen rechtzeitig aufdeckte.

Mit fröhlichen Gesichtern und hellem Liederklang rücken unsere Regimenter vorwärts. Jetzt überschreiten wir die äußerste Vorpostenkette hinter La Grange und nehmen bei Borny rechts und links von der Chaussee Aufstellung. An dem Punkte, wo die große Chaussee sich spaltet, die eine nach Mercy le Haut, die andere nach Ars Lacquenexy führend, hält unser General still. Links sollen die französischen Soldaten, rechts die armen Einwohner ausziehen. Um 12$\frac{1}{2}$ Uhr kommt ein alter französischer General, bekümmerten, bleichen Antlitzes an der Spitze von 20000 Franzosen und meldet sich bei unserm General. Ein wehmütiger, zum Teil Ehrfurcht erweckender Anblick, dieser unabsehbare Zug von Gefangenen, die 2 Stunden lang bei uns vorüberziehen. Meist traurige, bleiche, eingefallene Gesichter, denen man den Mangel ansieht. Fast alle haben Ladestöcke in der Hand, die schwankenden Schritte zu stützen. Diese Leute haben wirklich viel gelitten. Aber ein flatterhaftes Volk bleiben sie doch. Kaum eine Viertelstunde ist es still, da haben sie schon rechts und links mit unseren Soldaten angebunden, bitten sich Cigarren, Tabak, Brot und Salz aus, und unsere Westfalen geben gutmütig alles, was sie haben. Leider giebt es auch eine Menge betrunkener Nachzügler zu eskortieren. An die Soldaten schließt sich ein unabsehbarer Zug von bürgerlichen Auswanderern an, zu Fuß und zu Wagen, reiche und arme. Viel rührende Bilder, namentlich viele, viele Kinderchen. Gottlob, meist noch mit frischen, roten Backen. Ein Genrebildmaler hätte hier den schönsten Stoff gefunden.

Um 3 Uhr ziehen wir in das Thor Moselle ein, das schon von der 1. Kompanie des 15. Regiments besetzt ist. Das ganze Bataillon folgt und stellt sich auf, zahlreiche Zuschauer stürzen aus allen Gassen heran. Einige böse Stimmen werden laut, die aber schnell von den Einwohnern selbst unterdrückt werden; dagegen ertönt ein dreimaliges, lautes Hurra, als der General den Befehl zum Einmarsch in die stolze, nun so gedemütigte Stadt giebt, in die nie eine siegreiche Armee Einzug gehalten. Nicht wenige Zuschauer stimmen in das Hurra ein. Es sind viele Deutsche hier, die auch zu leiden gehabt haben.

Nun gings voran. Zuerst ein Zug Husaren, dann der General und sein Adjutant, von uns beiden Schwarzröcken gefolgt, dann die Regimentsmusik an der Spitze des Füsilierbataillons vom 15. Regiment u. s. w. Es war ein wunderbares Gefühl, als wir so unter dem Rauschen der Musik in die feindliche Stadt hineinzogen, deren Einwohner meist noch vor Wut schnaubten, und die in diesem Augenblick mindestens noch 30 000 französische Soldaten in ihren Mauern herbergte. Einige wilde Stimmen wurden mitunter laut, drohende Arme hoben sich empor, einmal fiel auch ein Schuß, aber Gottlob ging alles glücklich ab. Ein zündender Funke hätte sonst einen bösen Brand entfachen können. Auf dem schönen Domplatz, der herrlichen Kathedrale gegenüber, wurde Halt gemacht. Der General ließ seine Ankunft dem hier wohnenden französischen General Coffinières melden, und die noch unter dem Gewehr stehende französische Hauptwache durch unsere Füsiliere ablösen. Es schlug eins auf der Domuhr, als wir uns aufgestellt hatten. Bald kam auch eine Schwadron unserer Dragoner hinzu. Der neue Kommandant von Metz, General von Kummer, ließ lange auf sich warten, bis 5½ Uhr. Inzwischen drängten sich die Metzer Einwohner zu uns heran und bestürmten besonders mich mit tausend Fragen, Wünschen und Vorwürfen aller Art. Ich hatte genug zu thun, um Allen zu antworten, und mein Pferd sah erstaunt auf die es umdrängende Menge herab. Endlich — es dunkelte schon — kam General von Kummer und gab unserer Brigade seine Befehle zum Besetzen der Stadt. Es war inzwischen Nacht geworden und die zerstreuten Bataillone, die mit heller Musik, trommelnd und pfeifend durch die dunklen Gassen rückten, verirrten sich öfter. Es war ein unheimlicher Abend. Endlich standen wir wieder an dem Thore Moselle, das unser Füsilierbataillon besetzen sollte. In den Häusern auf dem Platze daneben sollte das ganze Bataillon Quartier machen, dicht beisammen. Das kostete noch viel Kampf. Es mußte gewaltsam an die verrammelten Thüren und Fenster geklopft und der Eingang vielfach erzwungen werden. In einem kleinen Gasthause fanden wir schließlich doch noch Aufnahme und dankten Gott, daß Er uns diese bösen nächtlichen Stunden ohne Unfall vorübergehen ließ. So war denn unser Harren auf Gott nicht zu Schanden geworden. Ueber Bitten und Verstehen hatte Er unsere Sache versehen. Möchten wir Ihm danken und Seinem Namen, durch welchen dies Werk vollbracht ist, keine Schande machen.

In Metz!

Metz, Sonntag, den 30. Oktober.

„Man lobt Dich in der Stille," so mußte es am heutigen Sonntage nach unserm Einzuge heißen. Zum ersten Male, seit wir im Felde, war kein Sonntagsgottesdienst möglich; alle Truppen im strengsten Wachtdienst, in der aufgeregten, mit noch mehr als 30 000 französischen Offizieren und Solbaten angefüllten Stabt. Doch änderte sich die Physiognomie sehr schnell. Als ich früh das Fenster öffne, steht ein Haufen Frauen um unsere Bagagewagen her, alle mit aufgehaltenen Schürzen, und einer unserer Soldaten wirft jeder zu ihrer nicht geringen Freude eine Handvoll Salz hinein. Solche Bilder sah ich wiederholt, als ich mich auf den Kirchweg machte. Die hiesige reformierte Gemeinde, 1200 Seelen stark, besteht zu $^3/_4$ aus Deutschen; doch ist des Morgens immer französischer Gottesdienst, nachmittags deutscher. Ein grauer französischer Pastor (Cuvier) trat auf die Kanzel. Man sang: „An den Wassern zu Babel saßen wir und weinten" — und zum Schluß: „Wie ein Hirsch schreiet nach frischem Wasser," und: „Was betrübst du dich meine Seele und bist so unruhig in mir." Er konnte öfter die Thränen nicht zurückhalten; die meisten Gemeindeglieder weinten auch. Text 1. Petri 5, 6 und 7, derselbe, über den ich vor acht Tagen unsern ungeduldig werdenden 15ern draußen im Felde gepredigt. Ein tief ergreifendes Zeugnis legte der alte Mann ab, welches meine Seele erquickte nach dem Geschrei, das wir gestern immer hören mußten, wo niemand von Beugung etwas wissen wollte, und die Leute nur laut auf Bazaine als Verräter schimpften. Er gedachte des Reformationsfestes und wies nach, daß der tiefe Fall Frankreichs eine Folge der Verwerfung der evangelischen Wahrheit sei, dadurch sei ihm das Mark ausgesogen. Man dürfe nicht beim Kaiser, bei den Ministern und der Nationalversammlung stehen bleiben, und auf diese Steine werfen; sie hätten alle, die ganze Nation Schuld an dem Kriege und seinen Folgen; sie hätten alle mit eingestimmt, ohne erst die ganz hinfälligen Gründe zu demselben zu prüfen. Nicht eine Heimsuchung, sondern eine Züchtigung müsse Frankreich in dieser großen Trübsal erkennen, sonst könne ihm nicht geholfen werden — u. s. w. — Es war eine gewaltige Bußpredigt. Möchten solche Stimmen auch in unserer Heimat nicht fehlen. Nach dem Gottesdienst finde ich in der Kirche mehrere alte Freunde aus Paris (u. a. Pfarrer Bauer, französischer Militärprediger), welche die Belagerung von Metz mit ausgehalten. Von ihm und den andern französischen Feldgeistlichen unterwiesen, fand ich leicht unter den 15 000 verwundeten Franzosen unsere etwa 60 Preußen heraus, die verwundet nach Metz gebracht und noch am Leben waren. Unter ihnen war auch noch eine Anzahl von unserer Brigade aus dem Kampf am 27. September bei Peltre, meist aber Landwehrmänner aus dem letzten blutigen Gefecht vom 7. Oktober. Die Freude der armen einzeln Zerstreuten war sehr groß. Einen lohnenderen Gang habe ich selten gehabt als zu diesen einsamen Leidträgern. Uebrigens waren alle einstimmig in ihrem Zeugnis, daß man an ihnen gethan, was man gekonnt; sie seien nicht im Geringsten hinter den Franzosen zurückgesetzt worden. Man muß sagen, daß die Ordnung und Reinlichkeit bei der ungeheuren Zahl der Verwundeten bewundernswert ist. Doch sah man den mehr als gewöhnlich bleichen Gesichtern den Mangel an, der in den letzten Wochen auch in den Lazaretten fühlbar geworden war. Fast alle schwer Verwundeten waren gestorben. In einer Tabaksfabrik, in der nicht weniger als 1500 Verwundete und Kranke liegen, treffe ich in einem Zimmer drei Evangelische mit abgenommenen Armen nebeneinander, zwei Preußen und einen Elsässer. Einer der Preußen ist mit eisernem Kreuz geschmückt; der andere, ein verheirateter Landwehrmann aus Schlesien, ist schon ganz schwarz bis zum Gesicht hinauf — der Brand — ist aber dabei voller Frieden und ganz getrost und fest im Glauben an seinen Erlöser. Gott schenkte uns eine gemeinsame Feier in dem nur mit einem Lämpchen erleuchteten Krankensaale. Der liebe Landwehrmann hatte kurz darauf ausgelitten.

Metz, den 6. November.

Auf dem sogenannten Königsplatz, dem schönsten Platz in Metz, stehen Hunderte von großen weißen Zelten, alle mit Verwundeten gefüllt; am Moselufer aber, bis zu welchem sich der Platz erstreckt und hier den Namen Esplanade führt, ist noch Raum für einige Regimenter. Es ist ein sehr hochgelegenes Ufer, die Mauern steil gegen die Mosel abfallend, von dem man eine ganz prachtvolle Aussicht nach dem Fort

St. Quentin hinüber und namentlich nach unserm Schlacht=
feld vom 18. August genießt. Hier stand in der Sonntags=
frühe beim schönsten hellsten Sonnenschein die 13. Division
zum Dankgottesdienst versammelt, so viele als abkömmlich
waren. Mit rauschender Musik und wehenden Fahnen waren
die Regimenter durch die Stadt auf diese hohe Warte ge=
zogen. Zwei Musikchöre stimmten an: „Sei Lob und Ehr'
dem höchsten Gut," dem Liede, das unser König nach dem
Fall von Metz gesungen. Dann Predigt über Psalm 66.
Zum Schluß: „Nun danket alle Gott." — Ich war anfangs
traurig, daß aus mancherlei Rücksichten das alte deutsche
Münster uns nicht zum Dankgottesdienst aufgethan worden war:
allein hier oben war es viel schöner, hier traten die ganzen
Erinnerungen der letzten Monate viel lebendiger vor unsere
Seele, und wir konnten um so fröhlicher unsere Loblieder
anstimmen für alle die großen Wunder, die Gott an uns
gethan hatte. „Wir sind in Feuer und Wasser gekommen,
aber Du hast uns ausgeführt und erquickt," wie wörtlich
hatte sich dies an uns erfüllt!

Wills Gott, sollen nun im Laufe dieser Woche auch die
einzelnen Forts die Lobgesänge zu Ehren unseres treuen
Gottes vernehmen.

Metz, den 9. November.

St. Quentin, die hohe Felsenburg, mehr als 500 Fuß
über die Mosel aufsteigend, die seit dem 13. August so stolz
auf unser Preußenheer herabgeblickt hat, von aller Welt für
uneinnehmbar gehalten, sie hatte sich über alles Hoffen und
Erwarten ja auch bücken müssen und war am 29. abends von
unsern 15er Füsilieren besetzt worden. „Mit meinem Gott
kann ich über die Mauern springen." Ps. 18, 30. Dies
Wort des Psalmisten hat sich hier wunderbar erfüllt, darum
ziemte es sich auch wohl, daß wir unserm Gott, als der
rechten festen Burg und als dem ewigen Fels des Heils hier
unsere Dankopfer brachten.

Auf dem wunderschönen Schloßhof, von wo man das ganze

Kampfgefilde der letzten Monate überblickt, standen gestern die 2 Kompanien der Besatzung von St. Quentin im Viereck aufgestellt, und das Musikchor des Regiments stimmte mit voller Kraft an, daß es weithin von der Höhe in das Moselthal schallte: „Ein' feste Burg ist unser Gott." Nach dem Gesang kurze Soldatenpredigt über Psalm 18: „Herzlich lieb habe ich Dich, o Herr, meine Stärke, Herr mein Fels, meine Burg, mein Erretter, mein Gott, auf den ich traue." Zum Schluß noch einmal: „Nun danket alle Gott," wie am Sonntag unten auf dem Königsplatze. — Heute Morgen wieder eine ähnliche Feier auf der Nachbarfestung Plappeville, nur daß, weil es regnete, die mächtigen Gewölbe der Kasematten von den Lobgesängen der Westfalen wiederhallten. Dazu Psalm 40, 1—6: „Ich harrete des Herrn und er neigte sich zu mir und hörte mein Schreien und zog mich aus der grausamen Grube und aus dem Schlamm und stellte meine Füße auf einen Fels, daß ich gewiß treten kann. Und hat mir ein neu Lied in meinen Mund gegeben" ꝛc. Ach ja, möchte unser ganzes Volk, an dem Gott bisher so Großes gethan hat, dieses neue Lied singen lernen, und anstatt auf dem Schlamm, in welchem Frankreich versunken, sich mit beiden Füßen im fröhlichen Glauben stellen lernen auf den Fels, der da heißet: „Jesus Christus, gestern und heute und derselbe auch in Ewigkeit."

Wir haben unser preußisches Totenfest in Metz gefeiert, in Metz, um dessen Mauern und Felsenburgen her wohl die größere Hälfte aller Gräber gegraben sind, die dieser ganze thränenreiche Krieg bisher geöffnet hat. — Seit den Tagen der Leipziger Schlacht ist keine so reiche Gräbersaat in so kurzer Zeit an einer Stelle zusammengehäuft, als am 14., 16. und 18. August um Metz herum, und die folgenden 10 Wochen haben die Zahl dieser Soldatengräber noch um ein gutes Teil vermehrt. — Und wie wenige sind unter diesen Tausenden von Gräbern, die im Gedränge der schnell auseinander folgenden Schlachten ein Denkzeichen empfangen konnten, das den Namen dessen angiebt, der unter dem kleinen Hügel schläft. „Der Mensch ist in seinem Leben wie Gras, er blühet wie eine Blume auf dem Felde, wenn der Wind darüber gehet, so ist sie nimmer da, und ihre Stätte kennet sie nicht mehr," — wie so gewaltig und buchstäblich hat sich dies Wort des Psalmisten an diesen Schlachttagen erfüllt; wohl uns und wohl all den Trauernden, die vergeblich nach der Stätte fragen, wo ihre Lieben schlafen, daß es weiter heißt: „die Gnade aber des Herrn währet von Ewigkeit zu Ewigkeit". Das ist doch die schönste, reichste Frucht, die auf diesen Thränenfeldern ruht, daß so viel Tausende hier haben fragen lernen nach dem Wort von der Gnade, die da mächtiger ist als Sünde und Tod. — Wir sangen am Morgen des Totenfestes das ganze schöne Lied: „Ich geh zu deinem Grabe, du großer Osterfürst", in welchem der zweite Vers im Blick auf die lieben Schläfer in fremder, ferner Erde und auf den großen Erstling unter denen, die da schlafen, so tröstlich lautet:

Du liegest in der Erde und hast sie eingeweiht,
Wenn ich begraben werde, daß sich mein Herz nicht
scheut,
Auch in den Staub zu legen, was Asch und Staub
vermehrt,
Weil dir doch allerwegen die Erde angehört. —

Da die katholischen Kirchen, die uns bisher in Metz offen gestanden, aus mancherlei Gründen von unserm Soldatenbesuch, für den sonst nicht lange um Erlaubnis gefragt wurde, verschont werden sollten, so mußten wir uns mit der freundlichen aber viel zu kleinen evangelischen Kirche begnügen. — Durch die Hilfeleistung der drei in Metz wirkenden evangelischen Lazarettgeistlichen, Weilert, Balzer und Holzhausen, konnten so 7 Gottesdienste gefeiert (6 in der evangelischen Kirche und einer auf der Feste St. Quentin) und auch fünfmal das heilige Abendmahl ausgeteilt werden. — Um uns den Ernst der Ewigkeitsgedanken, die sich an diesem Tage so reichlich aufdrängten, zu schärfen, und alle Sicherheit zu strafen, welche so schnell ein Menschenherz beschleicht, sobald die unmittelbare Todesgefahr vorüber ist, redete Gott noch einmal mit Donnerstimme darein. Grade als wir am Montag Morgen zum Gottesdienst versammelt waren, erfolgte auf der Feste Plappeville eine gewaltige Explosion, durch welche zwischen 60 und 70 Menschen (34 Preußen und wahrscheinlich ebensoviel Franzosen) plötzlich aus der Zeit in die Ewigkeit abgerufen, während 28 andere leichter oder schwerer verwundet aus den Trümmern hervorgezogen wurden. — Dieselben Räume, in denen wir vor 12 Tagen unsere ersten Gottesdienste gefeiert, jene gewaltigen Steingewölbe, waren von dem Feuerstrom des benachbarten Pulvermagazins teils auseinandergerissen, teils durch die geöffneten Spalten mit Glut und Dampf erfüllt worden, so daß die hier zur Arbeit kommandierten Soldaten entweder den Tod gefunden oder mit Brandwunden bedeckt nur durch einen Sprung aus den Fenstern sich gerettet hatten. Es gab für die zwei Kompanien des 15. Regiments, die erst 2 Tage vorher von dem 73. Regiment abgelöst waren, so gut wie für mich Ursache, an den Turm von Siloah zu denken und zu fragen, warum Gott uns vor jenen so freundlich verschont habe. — Nie während des ganzen Krieges sah ich so furchtbare Wunden, als die Brandwunden, die eine Anzahl der noch Lebenden davon getragen — und unbeschreiblich groß waren ihre Schmerzen. —

Zwischen den beiden Felsenburgen von Plappeville und St. Quentin liegt in hoher Thalschlucht ein schattiger kleiner Friedhof — gar einsam und still. Hier war erst am Donnerstag Nachmittag — so lange hatte man in den Trümmern nach den Vermißten suchen müssen — das Grab für die kümmerlichen Reste der verunglückten Krieger gegraben. — In 14 Särgen hatte man alle Gliedmaßen gesammelt, die aufgefunden waren, nur 7 oder 8 ganze Leichname waren vorhanden. — Unter den Klängen von „Jesus meine Zuversicht" bewegte sich der lange Leichenzug, welchem sich auch der Gouverneur von Metz, General von Löwenfeld, und eine ganze Anzahl Generale und höhere Offiziere anschloß, nach dem Friedhof. — Während die Särge in das Grab gesenkt wurden, hatten wir Zeit, das ganze Lied zu singen: „Was Gott thut, das ist wohl gethan." Ich hielt eine kurze Grabrede über: Mark. 13, 37, 33: „Was ich euch sage, das sage ich allen: Wachet." — Dann folgten einige evangelische Segensworte seitens meines getreuen katholischen Kollegen. — Zum Schluß die drei üblichen Gewehrsalven, die laut an den Bergen wiederhallten. —

Es war mein letzter Dienst, den ich als Feldprediger verrichten durfte — ein wehmütiger, schmerzlicher und doch auch seliger Dienst. Wie ganz besonders große Ursache zum Danke findet sich hier an der großen Werkstätte des Todes für den, der das Wort des Lebens verkünden darf — und wie mächtig predigt auch ihm diese große Schar täglich heimkehrender Pilgrime um ihn her.

Ein Tag der sagt's dem andern,
Mein Leben sei ein Wandern,
Zur großen Ewigkeit.
O Ewigkeit, du schöne,
Mein Herz an dich gewöhne,
Mein Heim ist nicht in dieser Zeit.

Rückblick des Tagebuchschreibers nach der Heimkehr.

Unsere Division war die einzige in der ganzen Armee, der in der Bewachung von Metz eine, wenn auch mühselige und nicht ungefährliche, so doch den feindlichen Kugeln nicht ausgesetzte Aufgabe zugefallen war. — Es war die allgemeine Ansicht, daß wir den Winter über in Metz bleiben würden. — Um so eher wurde es mir möglich, da heimatliche Pflichten riefen, das freundliche Anerbieten verschiedener Freunde, meine Stelle zu ersetzen, anzunehmen, und an den Feldpropst der Armee die Bitte um eine Ablösung zu richten. Sie wurde freundlich gewährt.

Pastor Volkening, bisher Hilfsprediger in Barmen, ist an meine Stelle getreten, und alle Freunde, die mir bisher so treulich Schriften für die Truppen zugesandt, sind gebeten, fortan ihre Sendungen an i h n zu richten und in ihrer Liebe nicht zu ermüden. Ich traf nach einer Abwesenheit von im ganzen 4 Monaten und 6 Tagen am Sonnabend vor dem ersten Advent in der Heimat ein und konnte so mit dem neuen Kirchenjahr meine Friedensarbeit an der heimatlichen Gemeinde wieder beginnen. —

Immerhin war es eine schmerzliche Scheidestunde — da ich noch vor gänzlich ausgefochtenem Streit von den mir so teuer gewordenen Kriegsgefährten Abschied nehmen mußte. — Die Eisenbahn führt von Metz aus die ersten 2 Meilen bis Courcelles durch ein unserer Brigade nur zu bekanntes Gefilde. — Auf dieser selben Bahn fuhr am 27. September der Zug mit dem französischen Jägerbataillon, welches bei jenem kühnen Ausfall den Unseren in den Rücken fallen sollte. Bald erreichen wir denn auch den Park und das Schlößchen Crepy, wo wir so manche traute Stunde verbracht, und das nun traurig seine ausgebrannten Zinnen gen Himmel streckt; noch trauriger ist der Anblick der gänz=

lich ausgebrannten, wunderschönen Kirche, die in jener Brand=
nacht auf ausdrücklichen Befehl unseres Generals verschont
wurde, aber bei einer späteren Gelegenheit, als das 8. Corps
uns abgelöst hatte, doch ein Raub der Flammen wurde.
— Zwischen den Ruinen der Kirche und den noch viel groß=
artigeren des Nonnenklosters, sind von dem blühenden Dorfe
noch 12 bis 13 Häuser stehen geblieben, in welchen sich
einzelne geflüchtete Einwohner wieder gesammelt haben.

Den vielfachen Anklagen zum Trotz, mit welchen die
französischen Zeitungen unsere deutschen Krieger überhäufen
und sie den Horden Attilas vergleichen, will ich an dieser
Stelle erwähnen, daß unsere Westfalen sich daran gegeben
haben, für die armen Einwohner des von ihnen nieder=
gebrannten Dörfchens Peltre zu sammeln, und daß schon
eine ganz hübsche Summe, aus dem spärlichen Soldatensold
erübrigt, dem Vorsteher von Peltre hat übermittelt werden
können. Wie die Einwohner Straßburgs, so haben auch die
armen Umwohner von Metz, die jetzt traurig, bleich und ab=
gehärmt auf ihren gänzlich zertretenen Äckern umhergehen
und ihr alles verloren haben, das Mitleid Deutschlands
recht nötig. Wir müssen uns auch erinnern, daß sie die
Wächter unserer lieben Gräber sein werden, die so zahlreich
auf ihren Äckern und Wiesen zerstreut sind.

Von Peltre aus biegt sich die Bahn südwärts und führt
nahe bei dem Dorfe Jury vorüber, das unsere 15er so
lange beherbergt, und das schließlich auch durch die Granaten
des Forts Queuleu in Brand geschossen wurde; dort über
dem Dörfchen am Rande des Eichenhölzchens schaut die schöne
Eiche hernieder, an deren Fuß, in Eichenlaub gehüllt, eine
liebe Schläferschar ruht — lauter Westfalen, am 27. ge=
fallen; und jenseits des Hölzchens ragt aus den hohen
Kastanienbäumen traurig die Ruine des schönen Schlosses
Mercy le Haut empor, am gleichen Tage von den Franzosen
in Brand gesteckt. — Während Jury links liegen bleibt,
sieht man rechts $1/4$ Stunde seitwärts Chesny mit seiner
freundlichen Kirche — in jenen Septembertagen das Haupt=
quartier der 55er. — Auch der Blick auf dies Dörfchen

ruft so manche liebe Erinnerung wach: dort das Schulhaus, in welchem unser Oberst von Barby gewohnt (jetzt unser Brigadekommandeur) und wo auch mir nach den Mühen des Tages so manche Erquickungsstunde ward; daneben der wunderschöne Baumhof in Mitten des Dorfes, aus dem so manchmal die Lobgesänge unserer Soldaten erschallt, und ein Stückchen weiter im kleinen Garten bei der Kirche ein breites, stilles Soldatengrab. Vor beiden Dörfern her oben an den Waldsäumen die langen nun verlassenen Schützengräben, in denen wir so manche Stunde des Friedens geharrt, so manchmal uns zur Sterbestunde gerüstet hatten. — Und jetzt fährt der Zug durch den tiefen Einschnitt, an dessen Rändern im Schatten der damals grünen Akazien so gern die 15er sich um Gottes Wort geschart, und bald passieren wir den kurzen Tunnel, unter dem wir am Schluß der Gottesdienste unsere Abendmahlsfeier zu halten pflegten — doch genug dieser Erinnerungen. Ich möchte nur im Rückblick auf jenes weite Blut- und Thränenfeld um Metz her den Segen gern festgehalten wissen, den Gott unserm Volke dort hat geben wollen.

Es ist ein zweifaches Bild, das sich mir meinen Augen darstellt — zunächst ja ein schmerzliches. — Reichlich zwei Meilen weit im Umkreis von Metz ist ein Gottesgarten in eine Wüste verwandelt, alle Äcker liegen unbestellt da, und wo sie nicht gänzlich zertreten sind, sind sie hoch mit Unkraut bewachsen; ein ganzer Gürtel von Dörfern und Schlössern, der zwischen den kämpfenden Armeen gelegen, ist niedergebrannt, alles Vieh ist geschlachtet oder weggetrieben, — alles Futter und Korn ist aufgezehrt oder in den Lagerstätten verdorben, die Bäume, auch die schönsten Obstbäume, namentlich in der Nähe von Metz, sind abgehauen und verbrannt, oder von den verhungernden Pferden ringsum abgenagt, und statt der fehlenden Weizensaat ist eine andere Saat: eine Gräbersaat — überreich ausgestreut. — Bazaine giebt an, daß gegen 43 000 seiner Soldaten in den Schlachten um Metz und während seiner Einschließung von preußischen Kugeln getroffen seien. — Das wird ungefähr auch die Zahl sein, die preußischerseits um

Metz französische Kugeln empfangen hat. Danach kann man schon die Gräberzahl abmessen. — Der französische Lazarettverwalter des großen Militärlazaretts von Metz hat mir gesagt, daß bis zum 1. November 4500 Franzosen dort gestorben seien. Ebenso groß ist sicher die Zahl der auf den Schlachtfeldern gebliebenen — das wären mindestens 9000 Franzosengräber — und der preußischen Gräber werden es kaum weniger sein — also 18 000 frische Gräber, meist junge Männer, in der Blüte ihrer Jahre hingerafft! -- Und nun erst die Lazarette mit allen ihren Schmerzensbewohnern. Metz selbst ein einziges großes Lazarett und rings ein großer Gürtel von mehr als 30 preußischen Lazaretten in den Ortschaften umher. Welch ein unbeschreiblich großes Maß von Leiden ist da aufgehäuft, wie viel Seufzer sind geseufzt, wie viel Thränen geweint worden!

Dies die eine Seite des Bildes. — Aber nun die andere Seite? Da erscheint mir mitten in dem verwüsteten Leichenfeld ein Gottesgarten viel schöner als der, welchen die Kunst der Gärten und die Üppigkeit des Bodens und die Wärme der Frühlingssonne heranreifen läßt. — Über all dem Greuel der Verwüstung wölbte sich Gottes Himmel, und dieser Himmel war uns in jenen Tagen so viel näher als sonst. — Überall auf den Höhen der Berge und in den Thälern, in Feldern und Wäldern, in Wiesen und Gärten war allezeit unser Gotteshaus fertig, dazu hatten wir sozusagen alle Tage Sonntag — und was das schönste war, es gab alle Tage Menschen, die gern und willig ihre Augen aufhoben zu den Bergen, von denen uns Hilfe kommt. Es gab, was so viel köstlicher ist als alle Blüten der Gärten, hie und da aufrichtig bußfertige Herzen und bußfertige Jünglinge, die da gelobten, fortan zu suchen, was droben ist und nicht was auf Erden ist. — Ich habe in jenen heißen Augusttagen auf den steinharten, ausgetrockneten Boden nicht nur Blutstropfen, sondern auch Thränen fallen sehen, die köstlicher und fruchtbarer sind, als aller Thau des Himmels. Ich weiß, daß mehr wie ein verlorner Sohn gesprochen hat: „Ich will mich aufmachen, und zu meinem Vater gehen."

Es blickt mich aus jenen Marterstätten heraus so manches Auge gar freundlich an — manch liebes Antlitz sterbender Krieger, von deren Sterbestunde das Wort des letzten Adventssonntags gilt: „Sehet auf, hebet eure Häupter auf, weil sich eure Erlösung naht." Da wo der Tod so reichlich seine Ernten geholt, ist von all den Soldatengemeinden, die sich wieder und wieder um die Feldaltäre scharten, um so dankbarer und aufrichtiger Christi Tod verkündet worden; und wo die Granaten gezischt und die Kugeln gepfiffen haben, ist ein lautes Gotteslob erschallt von fröhlichen Lippen geretteter Krieger. — Da ist kaum ein Plätzchen in jenem breiten Umkreis, wo unsere Truppen gekämpft und geharrt haben, das nicht von Gebeten und Seufzern und Lobgesängen zu sagen weiß, die zu Gott emporgesandt sind. —

Und der Ursache zum Danken haben wir freilich gar zu viel, wenn wir es recht bedenken wollen. Und dies Danken, das demütige Danken für Gottes bisherige Treue, daß es doch nicht von uns vergessen würde!

Als wir am Tage vor dem Einzuge in Metz, nachdem die Übergabe der Stadt schon bekannt war, im Schlosse zu Pange zu Tische saßen, Offiziere, Feldgeistliche und das ganze ärztliche Personal des 9. Feldlazaretts, da erklärte unser General laut: „Jedermann muß erkennen, daß nicht Menschen, sondern der Herr diese Stadt in unsere Hand gegeben." —

Und in der That, wie viele Umstände, die nicht in Menschenhänden lagen, mußten zusammen kommen, um dies merkwürdige Ereignis herbeizuführen. — Es ist schon früher darauf hingewiesen, wie die Schlacht am 14. bei Colombey nicht durch die strategischen Pläne des Oberfeldherrn hervorgerufen war, sondern denselben geradezu zuwider lief. — Dennoch war sie die Veranlassung, daß dem Feind am 16. der Riegel vorgeschoben, und daß er am 18. in die Festung zurückgeworfen werden konnte. Aber auch hiernach war eine Kette neuer unberechenbarer Umstände nötig, damit das so blutig begonnene Werk wirklich zum Ziele kam — zu einem Ziel, welches so sehr alle Vorstellung überstieg. — Bazaine, der bis zum Tage der Übergabe als Held gepriesen wurde, wird durch die Eitelkeit der Franzosen jetzt freilich als Verrräter gebrandmarkt. — Er mag, wie behauptet wird, ein grundschlechter Mensch sein, aber ein Verräter war er gewiß nicht, im Gegenteil, er war seinem Kaiser, der bisher noch seine rechtmäßige Obrigkeit war, treu. — Aber gerade diese, seine treue kaiserliche Gesinnung, wird sein Verfahren gewiß beeinflußt haben. Er hat gehofft, seinem Kaiser auf die Stunde der Entscheidung die Armee zu retten. Er hat gerechnet — und wer hat nicht auch so gerechnet? — daß Paris mit seinen 2 Millionen eher fallen müsse, wie Metz mit seinen 200000, und dann wäre er der letzte auf dem Plan gewesen. Daraufhin hat er sein Pferd geschlachtet — und als er anfing zu bemerken, daß er doch nicht der letzte sein würde, und daß seine Rechnung falsch würde, da war es schon zu spät. Und dennoch würde er oder wenigstens einige seiner Corpsführer noch einen verzweifelten blutigen Versuch zum Durchbruch gemacht haben, wenn nicht das andauernde Regenwetter, welches Gott im letzten Monat schickte, es ganz unmöglich gemacht hätte, mit den abgemagerten Pferden die Kanonen durch den tiefen Isenbach zu ziehen. — Wenn aber statt Bazaine ein republikanisch gesinnter General in Metz kommandiert hätte, so ist es wahrscheinlich, daß derselbe mit seiner starken Armee in den ersten Tagen des Septembers durchgebrochen wäre. Es hätte wohl ein furchtbares Blutbad gegeben, vielleicht wäre die ganze Armee allmählich aufgerieben worden, allein Metz wäre noch in Feindeshand. — Und wenn statt der Ruhr und des Typhus die Cholera beim Belagerungsheer eingekehrt wäre — welche Ernte würde sie auf jenen Leichenfeldern eingeheimst haben! Gab es doch ohnedies schon Bataillone, die trotz der Ersatzmannschaften es selten über die Hälfte ihrer Normalzahl bringen konnten. — Und wer hatte so genau das Maß der Metzer Proviantierung abgemessen, daß sie gerade da zu Ende ging, als die Metzer Belagerungsarmee unumgänglich nötig war, um ihrer vor Paris liegenden Schwester den gefährdeten Rücken zu decken!? Auch nicht 3 Tage länger hätte der Vorrat in

Metz reichen dürfen, sonst hätte entweder die Belagerung von Paris oder die von Metz aufgehoben werden müssen. — Es ist, als ob Gott die Stunde der Hilfe absichtlich so knapp abgemessen hätte, damit ein Jeder die Größe der Gefahr und seine wunderbare Fügung um so deutlicher erkennen könne. — Ein Bazaine und ein belagertes Paris, Hunger zur rechten Zeit und Regenwetter zur rechten Zeit, dazu Verschonung von Pest und Seuchen, alle diese Stücke waren nötig, damit die Frucht der blutigen Siege vor Metz und Sedan nicht verloren ging. — Man kann sich unsere Lage nicht ernst und gefährlich genug denken, wenn heute wie Paris auch Metz noch sich hielte, und wir das Weihnachtsfest, wie wir es uns so manchmal ausgemalt, noch in den Schützengräben um die böse Festung her hätten feiern müssen.

Ist nun das rechte Dankgefühl, sind die rechten Dankopfer für diese gnädigen Fügungen und Bewahrungen Gottes da? — Ich gestehe nicht ohne Traurigkeit, ich hätte es anders in der Heimat erwartet. — Vieles, was ich hier sehe und höre, erinnert an das Wort des Propheten: „Dankest du mir so, du toll und thöricht Volk?" Noch ist der heiße Kampf nicht beendet, noch bringen täglich Todesbotschaften von unseren kämpfenden Heeren her zu uns herüber, und schon ist man lau geworden, lau im Gebet, lau in der Liebe — alles wieder beim alten. — Man verlangt wohl und erwartet täglich neue Siegesbotschaften und nimmt sie hin als etwas Selbstverständliches. — Bleiben sie aus, so ist man ungeduldig und unzufrieden.

Wie war es so schön an den Altären des Herrn Zebaoth dort im fremden Lande, wie war man gewohnt, so oft wir in eine Kirche traten, daß sich das letzte Plätzchen füllte, Helm an Helm, bis auf die Stufen des Altars, und daß dann doch noch eine Anzahl Lauschender vor der Kirchthür stehen blieb. — Das finde ich in der Heimat nicht so. — Leere Kirchen, volle Wirtshäuser, das ist die Trauerkunde, die von allen Seiten laut wird.

Es ist mir ein kleines, schönes Vorbild in Erinnerung geblieben, wie es bei uns täglich im großen sein sollte und könnte angesichts der täglichen Nachrichten sowohl von den neuen Wunden, die unseren Brüdern noch geschlagen werden, als auch von der immer neuen gnädigen Durchhilfe unseres Gottes:

Es war an einem schönen, stillen Septemberabend. Die Granaten hatten den Tag über in unseren Schützengräben ihr lautes Unwesen getrieben, ein feindlicher Ausfall auf unsere Vorposten war zurückgeschlagen, eine Anzahl unserer Soldaten war gefallen und verwundet. — Nun waren die Kanonen verstummt, der Feind war abgezogen und die einzelnen Kompanien waren aus ihren Schützengräben in ihre Quartiere geeilt, um spät ihr bescheidenes Mittagsbrot zu bereiten. — Schon sah man an den Säumen der Dörfer überall die lustigen Kochfeuer brennen. Ich kam, durch einen schwer Verwundeten aufgehalten, ganz allein aus dem Walde hinter den Truppen her — um auch meinerseits das Quartier aufzusuchen. Da vernahm ich hinter einer sehr dicken und hohen Hecke, welche einen kleinen Garten umschloß, eine Stimme. Es war die Stimme eines Betenden. Um nicht zu stören, blieb ich stehen und bemerke durch eine kleine Lücke des Zaunes einen Soldaten, der auf seinem Angesicht vornüber an der Erde lag. Er hatte sein Testament vor sich im Grase liegen, hatte die Hände darüber gefaltet und betete daraus einen Psalm mit einer Einfalt und Andacht, die mich tief ergriff. — Als er fertig war, stand er auf. Ich konnte nun seinen Blicken nicht mehr entgehen. Er war beschämt, bemerkt worden zu sein, faßte sich aber gleich und sagte: „Sehen Sie mal, Herr Pastor, welch einen schönen Psalm ich da gefunden habe." — Es war, irre ich nicht, der 86. Psalm, wo es heißt: „Ich danke dir Herr, mein Gott, von ganzem Herzen und ehre deinen Namen ewiglich. Denn deine Güte ist groß über mich und hast meine Seele errettet aus der tiefen Hölle. Weise mir Herr deinen Weg, daß ich wandle in deiner Wahrheit; erhalte mein Herz bei dem Einigen, daß ich deinen Namen fürchte." — Der Mann hatte es nicht lassen können: Ehe er noch für seinen hungrigen Magen gesorgt, hatte er ins Feld hinausgehen müssen um seinem Gott sein Dankopfer zu bringen für die gnädige Bewahrung.

So, sage ich, sollte es bei unserm Volk im großen sein. — Gottes gnädige Gerichte, sein Schlagen und sein Verschonen, sollte uns immer mehr zu seinem Worte treiben, zur anbetenden Betrachtung und zur gründlichen Einkehr, dann würden auch die rechten Dankopfer nicht ausbleiben — und mit dem Danken auch der Segen nicht, den Gott seinem Volke zugedacht hat.

Jetzt ist Gottes Hand noch ausgestreckt und sein Zorn läßt noch nicht ab — und um Weihnachten am Kripplein Christi wird hier und bei unsern kämpfenden Brüdern draußen das: „Friede auf Erden und den Menschen ein Wohlgefallen" gar wehmütig klingen. — Aber ist es nur Zorn über das unbußfertige Frankreich, das sich nicht beugen will unter Gottes heiße Gerichte und Ihm nicht die Ehre geben, oder ist es auch Zorn über unser deutsches Volk und Land, das den demütigen Dank zu bald vergessen hat, dafür, daß Gott so Großes an uns gethan. —